中国民间故事丛书

开天辟地

民间神话故事

刘守华　陈建宪　主编

華中師範大學出版社

新出图证（鄂）字10号
图书在版编目（CIP）数据

开天辟地：民间神话故事/刘守华，陈建宪 主编. —武汉：华中师范大学出版社，2015.12（2017.6重印）
（中国民间故事丛书）
ISBN 978-7-5622-7208-3

Ⅰ. ①开…　Ⅱ. ①刘…　②陈…　Ⅲ. ①神话—作品集—中国　Ⅳ. ①I277.5

中国版本图书馆CIP数据核字（2015）第294572号

开天辟地：民间神话故事
©刘守华　陈建宪　主编

责任编辑：卢格蕙　张红梅　　责任校对：王　胜　　封面设计：胡　灿
编辑室：幼教教材研发中心　　电话：027－67867317
出版发行：华中师范大学出版社有限责任公司
社址：湖北省武汉市珞喻路152号
电话：027－67863280/3426（发行部）　027－67861321（邮购）
传真：027－67863291
网址：http://www.ccnupress.com　　电子信箱：hscbs@public.wh.hb.cn
印刷：湖北卓冠印务有限公司　　督印：王兴平
字数：90千字
开本：710mm×1000mm　1/16　　印张：7.5
版次：2015年12月第1版　　印次：2017年6月第3次印刷
定价：18.00元
欢迎上网查询、购书

目录
MULU

汉族民间神话故事

汉族民间神话故事

天和地的来历[1]

很久以前，世上没得光亮，到处一片昏暗，生灵万物都在昏昏暗暗的日子里摸着生活。那时，人类想不出办法来改变这个状况，饿的饿死，病的病死，后来剩下来的人已经没有好多了。在这些剩下的人当中，有一对夫妻，他们力气很大，也很勇敢，大家都很尊敬他们，把他们叫勇力神。有一天，几个快要饿死的老人对他们说："尊敬的勇力神啊，我们听老人说，有一个低洼的地方，能看到一丝光亮。那个有光亮的地方，说不定能救大家的命。不过听说那地方很远很远，

路也很难走。”勇力神夫妇听了几位老人的话，就照他们所说的方向去找有一丝光亮的地方。

他们走了很久很久，有时爬山，有时过河，战胜了很多困难和危险，终于找到了那个有一丝光亮的地方。他们非常高兴，赶忙跑过去看，那一丝光亮是从一个洞底下射出来的。他俩趴下身子，钻进洞里使劲用背去顶洞壁，最后站了起来。接着他们又各人顶一方，使尽全身力气，用双手托着继续往上顶。可是，他们谁也不能松手，因为一松手四周又要合拢来。他俩为了救活还没有死的人，就这样继续顶着，顶着。不知过了多长时间，那女勇力神口中流出一股鲜血，鲜血染红了一大片地方。她血流完了，就死了。但是她的身子没有倒下去，仍然伸着双手死死地顶着。女勇力神死后不久，那男勇力神也口吐鲜血而死。他也没有倒下去，仍然用双手死死地顶着。

世上有了光亮，人类得救了。人们把勇力神夫妇用手托上去的那地方称为天，踩着的地方称为地。现在，早上太阳出来、晚上又落下去的时候，天上地下都有一片红光，据说那就是勇力神夫妇的鲜血染红的。

阅读加油站

①本文选自《中国民间故事集成·四川卷》，中国 ISBN 中心，1994 年，第 24 页。

盘古开天辟地[1]

远古时候，天地混沌一团，如同一个鸡蛋，盘古就孕育在其中。一万八千年后，盘古从中开辟天地，里面一些轻而清的东西向上飘去，变成了天，而一些重而浊的东西向下沉

降，变成了地。盘古在其中，一日发生九次变化，天每日升高一丈，地每日加厚一丈，盘古的身子每日也变长一丈。就这样又过了一万八千年，天已经极高，地已经极厚，盘古的身子也变得极长了。

盘古死时，他呼出的气成了风云，发出的声音成了雷霆，左眼变成太阳，右眼变成月亮，四肢五体变成大地四极与五岳名山，血液变成江河，经脉变成山川道路，肌肉变成田土，头发和胡须变成星辰，皮肤与汗毛变成草和树木，牙齿和骨头变成金属和石头，精髓变成珍珠和宝玉，流出的汗变成雨，连寄生在身上的小虫子，受了风的吹拂，也纷纷化成大地上的各种生物。

阅读加油站

①中国古代文献关于创世神的说法并不统一。《山海经》中的“烛阴”、《庄子》中的“混沌”、《淮南子》中的“阴神与阳神”、《搜神记》中的“巨灵”、《三五历记》中的“盘古”等，都有创世神的神格，但比较公认的还是盘古。参见袁珂《中国神话传说》、陈建宪《神祇与英雄——中国古代神话母题》的相关章节。

江沽养天育地①

江沽出世就吸气屙水，屙一点积一点，不知多少万年，积水成了汪洋大海。江沽藏在海里，为了吸气，她头上生出一根杆子，杆子顶端长出一片大荷叶。江沽通过杆子吸气，时间长了，荷叶上凝结了一大颗露水珠。这水珠纯净透亮，也有了灵气，在荷叶上滚过来滚过去。荷叶越长越大，大得无边；露水珠跟着长大，也大得无边。

江沽也叫江姑，她有两个儿子，一个叫奇漂子，一个叫浪荡子，都生得顽皮，整天在海里游玩。一天，他俩玩到海面上，发现了那个大荷叶，就跳到荷叶上玩，跳得荷叶乱颤，露水珠也跟着跳动滚荡。浪荡子想把露水珠抱住，撵到这边，它滚到那边，撵到那边，它滚到这边。浪荡子火起，一下子扑过去，咬住

露水珠，觉得甘甜可口，他就一气吞在肚子里，肚皮胀得要破，不能动弹了。奇漂子连忙下海去找母亲江沽，江沽说："那露水珠是准备长天的，不等长成，就被你吞了，这还得了！"一气之下，把浪荡子咬断成五节。五节尸体落到海底，化成一座高山，这高山就是昆仑山。昆仑山把江沽、奇漂子都包在中间，元气未散，凝成一个像鸡蛋样的精核，精核就孕育了盘古。一万八千年后，江沽转为盘古，从地心里钻了出来，身子一抖，就有一万八千丈高。他睁开眼睛一看，四面是海洋，黑气沉沉。他在海洋里四处摸索，摸到太荒山上，这太荒山就是昆仑山，山上荒凉无比。

盘古走到太荒山上，只见金光闪闪，原来是一把不知几千几万斤的金石斧头；又见一块混元巨石，连着天盖。盘古举起斧头，劈开混元石柱，天盖慢慢升高，乌云渐渐下沉，黑雾慢慢敞开，只见一对夫妻，一个闪着金光，一个闪着银光，随着山崩地裂沉入了海底。

此时天地仍然是一片黑暗，盘古不断地用斧头开天辟地，到底开辟出了光明。

阅读加油站

①本文选自《中国民间故事集成·湖北卷》，中国 ISBN 中心，1999 年，第 3 页。

地母三姑造万物[1]

民间流传着一个古老的故事，讲的是大黑、二白、三姑娘造万物的事。

也不知是什么年代，反正是很远很远的事喽。那时，天王老子刚刚把天地分开，大地上什么东西也没有。天王老子从腋下抠出三条汗渍，捏了捏，成了三个人，他给三个人取名大黑、二白、三姑娘。因捏第三个人时，天王无意中把腋毛捏进去一根，所以捏出一个姑娘来了。

天王老子派大黑、二白、三姑娘去大地上造物。大黑、二白、三姑娘向天王老子讨要法宝，天王老子问："你们要什么呢？"

"我要赶山鞭！"

"我要聚水瓶！"

"我要一个大葫芦！"

天王老子答应了他们三人的要求，给大黑一根赶山鞭，给二白一个聚水瓶，给三姑娘一个大金葫芦。他们三人各自带上宝贝，分头去大地上造万物了。

大黑到了地上，见到处是奇形怪状的石头，便挥起赶山鞭，像赶羊子一样，把石头一堆一堆地赶拢。从此，石头赶拢成堆的地方，就成了平坝。大黑赶石头赶了三天三夜，累得周身骨架像散了架样疼，饿得眼睛起片子花[2]。大黑苦不住了，饿不住了，不待赶完大地上的石头，扛起赶山鞭就折回天上去了。

二白来到大地上，见大地七凸八凹，够难看哩。他便倒举起聚水瓶，“骨噜！骨噜！”把瓶中的水往大地上倒，想把大地填平，重另安排大地。他倒水倒了三天三夜，累得手软脚酸浑身飘，饿得清口水直淌。他可受不住了，收起聚水瓶，回转天上去了。二白倒在大地上的水，倒下聚得多的地方成了海，倒下聚不住的，流淌成了江河。

三姑娘来到大地上，见到大地上除了山就是水，其他的东西一样也没有。她觉得没有伙伴，太孤单了，就想先造些伙伴。她抠开葫芦嘴，倒一把葫芦籽在手心里，把葫芦籽往天上一撒，即刻，葫芦籽变成了成千上万的雀鸟，“叽叽喳喳”地跟着她飞。她又再倒出一把葫芦籽，往山上一撒，即刻，葫芦籽变成了成千上万的走兽，“咿咿呀呀”地跟着她跑。她不停地一把一把葫芦籽遍处撒，葫芦籽落地后，有的变成了花、草、果树、瓜菜、五谷，有的变成了鱼虾、虫虫……从此，大地上有了万物。三姑娘有了吃的东西，玩的伙伴，就在大地上定居下来。

再说大黑和二白，在天上看到了三姑娘造出的万物，便来到大地上同三姑娘分东西。

“赶石头我用的力最多，你要用金葫芦报答我！”大黑要独吞金葫芦。

“我使大地上有了水，大地上才有万物。我使的力气虽没大黑多，可功劳比他大，金葫芦该我得!”二白也要独占金葫芦。

三姑娘左说右劝，并想出葫芦一破两半，大黑、二白各人一半的法子后，大黑和二白才算罢休。

天王老子听到大黑、二白为难三姑娘，可发火了，不准大黑和二白回天空，也不准他俩住在大地上。大黑和二白没法，只得住在半边葫芦中，成年累月在半空中飘来飘去。后来，他俩分别成了太阳和月亮。他俩悬在半空中，没有吃的，眼看就要饿死了。三姑娘念他二人赶山、造海有功，就答应供他俩吃的。每年年头，三姑娘给大黑送去足够全年吃的东西；到了八月十五日，又把全年的吃食给二白送去。据说，大年初一祭太阳神、中秋节祭月亮神的习俗，就是这么兴起来的。

再说，三姑娘把金葫芦一破两半时，葫芦中还剩下一颗种子。她把这颗葫芦种收藏在头发中，过了三年，葫芦种变成了一个小男娃娃，只有芝麻那么大。又过了三年，小男娃娃变成了麻子大。过了三年又三年……她头发中的小娃娃逐渐变得有蚕豆大、核桃大……最后到了梨子大时，他从三姑娘头上跳了下来。小男娃娃落地后，马上变成了一个大小伙子。后来，他同三姑娘结成夫妻，生儿育女，从此，大地上有了人类，后人便把三姑娘称作地母三姑老太。

阅读加油站

①本文选自《中国民间故事集成·云南卷》，中国 ISBN 中心，2003 年，第 113 页。

②眼睛起片子花：眼冒金花。

女娲与伏羲[1]

开天辟地之后，世界上一个人也没有。女娲用黄土照着自己的形象捏出了泥人，放在地上便有了生命，可工作量太大，她实在忙不过来，于是用绳子蘸着泥巴，向地上一甩，泥点子也化为了人。于是人们传说，富贵的人是用黄土捏成的，贫贱的人是用绳子甩出来的。

女娲人头蛇身，一日化生[2]七十次。又传说黄帝生阴阳，上骈[3]生耳目，桑林生臂手，这都是女娲七十化所致。

上古之时，四极荒废，大地龟裂，天不能覆盖整个大地，地也不能承载万物，山林一片火海，江河洪水泛滥，野兽猛禽趁机伤害人民。女娲见到这般景象，便从江河中挑拣五色石子，熔炼后填补天上的窟窿。又杀巨龟，斩下四条腿代替天柱支撑四极。之后来到中原杀死为恶的黑龙，赶走野兽猛禽。最后堆积芦苇，烧成灰烬以堰塞洪水。经过这番努力，终于平息了这场灾祸，人们又能安心在地上生活了。

女娲造人的事迹流传很广，但也有说人类是由伏羲女娲兄妹两人结婚生下来的。当宇宙初开之时，只有女娲兄妹二人在昆仑山，而天下未有人民。他们商议成为夫妻，但又觉得羞耻，于是兄与妹登上昆仑山，发下誓言说："天若遣我兄妹二人为夫妻，而烟悉合；若不，使烟散。"结果烟合在了一起，妹来到她哥哥那里，结草为扇，遮挡住脸部。现在人们娶妻时女子拿扇子，就是模仿这件事。

太昊帝伏羲，姓风，母亲叫华胥。在燧人氏的时候有大脚印出现在雷泽，华胥从上面踩过，因此生下伏羲。伏羲蛇身人首，有圣德。燧人氏死去以后，伏羲成为天下首领，有木德，是所有部落的头领，在陈建都。

古代没有三纲六纪[4]，人们只知其母不知其父。穿衣服只知道遮挡前面而不知道遮挡后面，只知道睡觉和起床，饿

了就找吃的，吃饱了就丢弃剩下的食物，茹毛饮血，兽皮蔽体。于是伏羲观天象，法地理，定夫妇之名而正五行，确定人道，画八卦[5]以治理天下。

除发明八卦以外，他还发明了瑟。据说伏羲作瑟，长八尺一寸，有三十六弦。另外，他模仿蜘蛛结网捕鱼，教人民打猎、钻木取火、养蚕等。

阅读加油站

①关于伏羲与女娲的记载很多，有单记女娲造人、炼石补天的，见于《太平御览》、《楚辞》、《淮南子》、《列子》、《博物志》等。也有单记伏羲作为东方天帝，发明八卦、琴瑟等事迹的，见于《白虎通义》、《帝王世纪》、《拾遗记》、《路史》等。另有一些是记载伏羲女娲兄妹成婚的，见于《独异志》、敦煌残卷《天地开辟以来帝王纪》等。

②化生：变化。

③上骈：传说中司生人类耳目之神。

④三纲六纪：中国古代的伦理道德规范。

⑤八卦：是古书周易占卜的基本元素。

伏羲造鱼网[1]

伏羲和他妹子生的一百个小孩，见风长，长得快，要吃哩。那时，还没人会种稻、会种麦，只能吃些野果子。后来野果子被孩子们吃光了，怎办呢？伏羲就到河里摸鱼摸虾给孩子们吃。

一天，伏羲在河里摸鱼虾，遇到了海龙王。

龙王气呼呼地说："伏羲，伏羲，你的心好，要造出人。为了人，你就拼死拼活来捉我的小鱼小虾。这一来，我的子子孙孙不是没有了吗?"

伏羲叹了一口气，说："海龙王，海龙王，你看这一百个孩子，一天一天在长大成人，没得吃怎能成人哩!"

龙王想了一想，出了个难点子，说："你要是摸鱼摸虾不用手，我就给你捉。"

摸鱼摸虾不用手捉，实际上是龙王想难倒伏羲。

这一来可好了，伏羲每天到河边，只能望着水里的鱼呀、虾呀游来游去、蹦来蹦去而无可奈何。一天，他躺在河岸上的大柳树下，想着捉鱼虾的办法，无意中看见身边一棵枯树，树桠上一只蜘蛛正在织网捉蚊子、飞虫吃。伏羲想了想：如果做一个像蜘蛛网一样的东西来捉鱼捉虾，不就行了嘛!

伏羲欢欢喜喜地跑回家中，带着妹子和孩子们上山割来葛藤，编起了像蜘蛛网一样的网，拿着网到河里捕鱼虾，一网撒下去，捕的鱼虾可多啦。

世上怎么会有鱼网？伏羲发明的呀!

阅读加油站

①本文选自《中国民间故事集成·江苏卷》，中国 ISBN 中心，1998 年，第 6 页。

伏羲女娲和他们的五谷孩儿[1]

相传盘古死后，他的头变成了高山峻岭，眼睛变为太阳和月亮，脂膏化成河流江海，头发滋生花草和树木。那时候，世界上还没有人，只有盘古的儿子伏羲、女儿女娲兄妹两个生活在这个世界上。伏羲找不到老婆，女娲找不到丈夫，兄妹俩就结为夫妻。后来，他们生下五个儿子，大儿叫稷，二儿叫黍，三儿叫麦，四儿叫菽，五儿叫谷。

那时，世界一片荒凉，一家七口人太寂寞了。于是女娲就挖来五色泥土，做各种各样的泥人。她一天天地做泥人，做一个活一个，人就一天天地多起来。因为是用五色泥土做的人，所以世界上就有五大种族。伏羲和女娲就当上五大种族的首领，教人们用大山上的石头磨制成斧、刀和箭，用来猎获鸟兽，用树皮、草茎编织成网，用来捕捉鱼虾，就这样生活着。

时间久了，鸟兽渐渐少了，鱼虾也渐渐少了，人们捕获不到充足的食物常常挨饿，天长日久就受不了啦。女娲和伏羲心里很着急，咋办呢？他们就把地上长的花草儿都尝一遍，树上结的果子都尝一遍，看什么东西好吃，就做人们的食物，就这样给人们找着了水果和蔬菜。但这些东西都是应时生长，季节一过就没有了，人们还是常常挨饿。

一天，女娲和伏羲把五个儿子叫到面前，女娲拿出五条袋子对五个儿子说："你们都长大了，该做事了。现在人们缺少吃的，常常挨饿。你们五人到九州去，为人们寻找能吃的种籽。要不怕苦，不怕难。什么时候找着种籽，什么时候回来。"

五个儿子拎着娘交给的袋子出发了。他们跋山涉水，走遍了九州，经过三千六百个严寒和暑热，都带着各自找着的种籽回来了。女娲和伏羲就选出了五条土肥水足的山谷，叫五个儿子把各自带回的种子播种上，第二年都有了好收成。大儿稷种出的庄稼叫稷，二儿黍种出的庄稼叫黍，三儿麦种出的庄稼叫麦，四儿菽种出的庄稼叫菽，五儿谷种出的庄稼叫谷。然后五人分头去四方教人耕种，因是五人在五条山谷里种出来的庄稼，所以又总称五谷。人们有了五谷杂粮，从此天下太平了。

阅读加油站

①本文选自《中国民间故事集成·安徽卷》，中国 ISBN 中心，2008 年，第 8 页。

神农教耕作、尝百草[1]

神农的母亲是有乔氏之女，名叫任姒。她在华阳游玩的时候，有神龙的头出现在尚羊，感于此，她生下了神农氏。神农人身牛首，在姜水长大，有圣德，后以火德承伏羲的木德，成为炎帝。

古代先民喝草上的露水，吃树木的果实、鱼蚌的肉，常常受到疾病和剧毒的伤害。神农于是教人们播种五谷，辨别土地干湿肥瘦。又教人们制作农具，发明了耒耜[2]。他亲自躬耕于田亩之中，圣德所感，所耕种的作物都长得很好。

神农亲自尝百草的滋味，水泉的甘苦，让人们趋利避害，为此他曾经一日之内中毒过七十次。在遍尝百草的时候，神农仔细观察它们的颜色、性状，以逐一命名，通过它们的毒性、燥寒、喜恶等来辨明其用途，用以养生或者治病。他还研究息脉、辨识药性、发明针灸和药方，写了四卷《本草》传世。他还有一件宝物是赭石色的鞭子，鞭子打在草上就能了解它的平毒寒温等药性。

神农本人作为天帝，受到人民的尊崇，可惜他的几个女

儿却命运曲折。最著名的故事是他的小女儿女娃的事迹。

有一次，女娃在东海游玩，不幸淹死在海里。她的灵魂化为一只状如乌鸦，花头、白嘴、红足的鸟，住在发鸠之山，每天都从西山衔树枝、石子去填东海。因为她鸣叫的声音像“精卫”，人们就以此来称呼她。相传她与海燕生子，雌鸟状如精卫，而雄鸟则状如海燕。如今东海还有精卫誓水的地方，因溺死在这里，立誓不饮这里的水。

神农的另一个女儿名叫瑶姬，还未出嫁便夭折了，死后精魄来到姑瑶之山，化为瑶草，叶子茂密，开黄花，结的果实像菟丝，谁要是吃了就会惹人喜爱。天帝怜悯她的早亡，将她葬在巫山的南面，做巫山的云雨之神，称为巫山之女。许多年后楚怀王来到这里，午睡时梦见与她相会，便在此处修了一座观，称为朝云。后来怀王的儿子楚襄王也慕名来到这里，当晚，襄王的御前诗人宋玉也做了一个和怀王类似的梦。梦中见到一个妇人，自称天帝的女儿，名叫瑶姬，未出嫁就夭折，被天帝封在巫山之台，听闻大王来游玩，愿来服侍就寝。她离开时说道，我在巫山的南面，早上行云，傍晚行雨，朝朝暮暮皆如此。早上醒来出门一看，果如其言。后来襄王命宋玉就此事作赋，便有了《高唐赋》。

西王母的第二十三个女儿也叫瑶姬，又名云华夫人。她往东海学道归来，途经巫山，见山峰挺拔、林壑幽丽，流连忘返。当时大禹治水正驻扎在山下，正逢刮起大风，吹得地动山摇，无法止住。大禹只得请云华夫人相助。云华夫人授予他召神策鬼之法术，又叫六位属神前去帮忙，终于凿通巫峡，平息风波。大禹又登门拜谢。

阅读加油站

①神农就是我们常说的炎帝，位列三皇，教人耕作、发明农具一事记载于《册府元龟》、《淮南子》、《潜夫论》等，也有称后稷教人耕作的，两者并不矛盾，时代先后不同而已。神农尝百草一事记载于《淮南子》、《路史》等，因此事他被奉为医药之祖，诸多医典都引用他的事迹。

②耒耜：古代的两种农具，耒的形状像杈，耜的形状像现在的锹。

神农和生姜[1]

远古时候，生姜的杆杆绿茵茵的，花朵又大又香又漂亮。但是，它浑身有毒，人摸了手烂，闻了鼻子烂。大家都讨厌它，只要看到它就给它一棒棒，还把它连根挖出来，让太阳晒死它。生姜眼看自己要绝种，就东山躲，西坡藏，一天到晚提心吊胆的。

有一天，生姜逃到一块菜园地边。它见篱笆里头长满了庄稼和花草，一个老大爷正在挑水浇园，心想：园子里的伙伴过去跟自己一样，土里生，野地长，但有的没长大就给牛羊吃了，有的在别处都绝种了，没想到在这里还能长得这么壮实！生姜推醒打瞌睡的冬瓜问："你们为啥在这儿睡懒觉，那个浇水的人是谁?"

冬瓜伸了个懒腰，说："他叫神农。多亏了他，把我们从沟边野地挖回来种上，经佑[2]得把把细细[3]的，我们才长得这样伸伸展展，当药又当菜，子孙几代同堂。"

生姜听冬瓜这一说，一筋斗就翻到神农面前，喊道："神农呀，你太偏心了！你把我的伙伴当宝，为啥不把我种上呢？我都快要断子绝孙了。"

神农看了看生姜，问："你是哪个，有啥本事呀？"

"我叫生姜，哪个都不敢惹我，牛羊吃了我烂心肝，虎豹碰了我烂脚杆。"

神农哈哈大笑说："你的本事太大了，在我这里用不上。我这里种的，都是给人治病，当粮、当菜的。你只晓得害人，莫怪我老头子对你偏心呀！"神农说完，提起脚就往生姜身上踩。

生姜晓得这一脚踩下来，就没得命了，忙把脑壳一硬，屁股一撅，就钻进泥巴地里去了。它这一钻，把浑身毒性都擦掉了。

没过半年，神农看到地里冒出了小苗苗，一锄头下去，把生姜挖了出来。他尝了一下，辣乎乎的，能当药也能当菜。他对生姜说："生姜呀生姜，念你祛毒生热有功，就让你陪着儿孙永留人世吧！"

从此，生姜年年下种年年长，老姜伴着新姜长，世世代代传了下来。

阅读加油站

①本文选自《中国民间故事集成·四川卷》，中国 ISBN 中心，1994 年，第 70 页。

②经佑：经营、打理。

③把把细细：好好。

轩辕制衣服[1]

伏羲兄妹制人[2]烟后，地上长了野草呀，野花呀，树子[3]很多，有胡栗树[4]呀，青冈树呀，马桑树呀。可那阵子的人哎，还没得衣裳穿，男男女女都是光着身子。玉皇大帝一看，就派轩辕黄帝下凡来制衣裳。

轩辕下了凡，要制衣裳拿哪样来做呢？他转来转去，看到山坡上好多树上都吊起角角，就是现在的蚕茧，遍山遍岭多得很。轩辕把角角摘下来一撕哎，还绵扎，可以制衣裳。他就把那些角角摘下来，但是哪个来纺纱织布啊？

轩辕就上天请七仙女下凡，她是专管纺织的。你看，她纺起飞快，没多久就纺起很多纱，织了很多绸缎，轩辕就用这些制了衣裳。他想，我的事情已经快办完了，我哪个才能转回天上呢？他就跟七仙女说："你下凡的期限到了，你是归张大姐[5]管的，可以回天上去了，我咋个才能转去得到啊？”

七仙女说：“玉皇大帝还没下旨召你转去，你还不能转去。你就在下面等玉皇大帝的旨意吧。”

说完，七仙女就升天了。轩辕气晕了，他一屁股坐在地上，想啊，想啊：我唧个[6]才能转去得到呢？玉皇大帝没有下旨来，我硬是回去不到了哦！

过了一阵子，玉皇大帝听到七仙女摆，轩辕下凡后，吃了不少的苦，帮人些制了衣裳，人们对他也很好。玉皇大帝听了，说：“恁个嘛，就传旨叫他转来。”

玉皇大帝圣旨传下来的时候，轩辕正在打瞌睡。这一喊，他眼睛都没睁，坐在那里就上了天。所以，传说轩辕黄帝是睡着死的。

阅读加油站

①本文选自《中国民间故事集成·四川卷》，中国 ISBN 中心，1994 年，第 60 页。

②制人：造人。

③树子：树木。

④胡栗树：青冈木的一种，民间叫大叶子青冈。

⑤张大姐：传说玉皇大帝姓张，张大姐为玉皇的大女儿。

⑥唧个：怎么样。

仓颉造字[1]

相传仓颉是一个怪人。他头大如斗，身高二丈有余，长了四只眼睛。特别是额颅上的眼睛，大如铜铃，能够看到一千里以外的东西，因而老百姓都叫他千里眼。

千里眼虽然长得凶恶，可他是面恶心善，常给老百姓做好事。他看得远，脑筋灵，到处给老百姓想办法，解决困难。他看到老百姓把每天吃剩下来的食物，用一样的东西做记号，太麻烦了，也难记得很，就想替老百姓造一样简单的物儿[2]作记号。他想呀想，想了九九八十一天，也没想出来个好方子[3]。亏当他脑筋灵，后来终于想出了一个好方子——造字。

方子虽说想出来了，那么到底造多少字呢？他做了充分的准备后，决定造一斗字。字咋能用斗量呢？原来他做了一个木斗，每造一个字，就向木斗里放上一粒黄米，直到把斗放满，才算把字造够了。

他连明带夜地造，多亏长了四只眼。白天，他用这两只眼造字，让那两只眼休息；晚上，他用那两只眼造字，让这两只眼休息。造呀造，他的头发胡子全白了，总算造满了一斗字。

各国的国王听说仓颉把字造成了，都日夜兼程地赶来要字。中国的国王离得近，赶来得最早，仓颉给他一升字，他嫌少，又给他一升，他还嫌不够，一直要到九升，仓颉说啥也不给了。趁国王起身，仓颉往外送的时候，国王的一个大臣又偷了七合④，仓颉只剩三合字了。他只好把剩下的三合字给其他国家一粒一粒地数着分。分到最后，只剩二十六个字了，可是还有几个国家都没有分到字。仓颉只好说："你们这几个国家就把这些字拿去吧！"几个国王就拿上字回国去了。

中国连分带偷共得九升七，可惜，认完字的人却不多，据说只有后来的孔夫子认完了。我们这个地方到今儿个还流传着这样一首歌谣："仓颉造字一斗米，孔子认了九升七；只剩三合撒在番邦地，各国寥寥儿无几。"

阅读加油站

①本文选自《中国民间故事集成·宁夏卷》，中国ISBN中心，1999年，第24页。

②物儿：东西。

③方子：指方法，办法。

④合：音gě，容量单位，十合为一升。

颛顼降水怪[1]

颛顼当帝王时，这片儿[2]出了个黄水怪，厉害得很。它一吐黄水就发大水，淹得房倒屋塌，害得人没法儿过，谁也不敢惹它。这事儿叫颛顼知道了，就来跟它斗。谁知那黄水怪凶得很，颛顼跟它斗了九九八十一天，也没斗过它。这咋弄咧？没法儿，颛顼就上天找女娲娘娘帮忙，女娲送给他一把降妖宝剑。

颛顼拿着降妖宝剑从天上回来，又找黄水怪斗。这一斗，黄水怪看斗不过，眨眼就跑没影儿了。这里有个大沙堆，颛顼用宝剑一挑，挑成个山，起名叫鲋鰅山；又用宝剑在山旁边划一道河，起名叫硝河。这片儿有山有水了，老百姓都过上了好日子。

过了些年，黄水怪不知道打哪儿又来了，它恼哇，一口把硝河的水喝干了，一尾巴把鲋鰅山打碎啦！打这儿以后啊，硝河变成了干

沟，鲋鰅山又变成了大沙堆。颛顼知道了，就连明搭夜[3]地赶来跟黄水怪斗。走到半路，碰见个算卦先生，颛顼跟他开玩笑说："你说你的卦灵，你算算我能死到啥地方？"算卦先生掐指一算，说："你呀，头枕无石山，脚蹬无水河，死在一寇之地。"颛顼也没在意，哈哈一笑走了。

颛顼找到黄水怪，又打了七七四十九天，到底把黄水怪打死了。这会儿，他也使得[4]没一点劲儿了。颛顼觉着自己快不中了，抬头看见前边过来个老头儿，就问："这是谁家的地呀？"老头儿说："这是寇家的地。"颛顼一听是寇家的地，想起了算卦先生的话，四下一看，只见硝河干巴巴的，大沙堆像个山丘，就交代那老头儿，等他死了，就埋在这儿。说罢大笑三声，就死在这儿了。

颛顼死后，帝喾接替他当了帝王。后来帝喾死了，也叫人把他埋到了这儿。这庄西头儿那两个大坟，就是颛顼和帝喾的坟，大家都叫它"二帝陵"。

阅读加油站

①本文选自《中国民间故事集成·河南卷》，中国 ISBN 中心，2001 年，第 40 页。

②这片儿：这一带。

③连明搭夜：日夜兼程。

④使得：累得。

黄帝战蚩尤[1]

黄帝的母亲名叫附宝，她见到天上有大电光绕北斗枢星，光照郊野，感于此，孕二十五个月生下了黄帝。黄帝居住在轩辕之丘，因此名为轩辕，又有土德之瑞，故号黄帝，又号帝鸿氏。

黄帝虽然地位崇高，但也经受过不少挑战。其中最有名的当属他与蚩尤的大战。

蚩尤一族居住在南方，他们勇猛善战，是炎帝的子孙后代。他有八十一个兄弟，都生着铜头铁额，野兽的身子，性情刚猛，力大无穷。他们不但形状奇怪，而且习性也与中原人不同，拿沙子、石头来当作家常便饭。此外，蚩尤还擅长制造各种兵器，矛、戟、斧、盾还有弓箭等，样样都很拿手。

黄帝时，诸侯互相征伐，百姓受到暴虐。蚩尤不听黄帝之命，四处作乱。于是黄帝召集诸侯，与蚩尤会战于涿鹿之野。

蚩尤在战场上造出大雾，黄帝的部队全都迷失了方向。黄帝造出一辆指南车，以示四方。

黄帝与蚩尤交战，九战不胜，于是回到泰山。三日三夜

后的一个雾天，有一个人头鸟身的妇人找到黄帝，黄帝在地上拜伏不起，妇人说："我是玄女，你有什么要问的吗？"黄帝说："我要万战万胜！"于是得到了兵法。之后黄帝用兵如神，最终将蚩尤杀死在青丘，黄帝不放心，还将他的身首葬在不同的地方。

阅读加油站

①中原地区的涿鹿曾经发生一场大战，交战的一方是黄帝轩辕氏，另一方则有炎帝和蚩尤两种说法。《列子》、《万机论》、《归藏》等书中说是炎帝与黄帝大战；而《尚书》、《山海经》、《史记》、《风俗通义》、《水经注》、《通典》等典籍中又记载为黄帝与蚩尤交战。现多采用蚩尤以炎帝之名与黄帝战的折中说法。

禹封巨灵神[1]

盘古开天辟地后，开辟出来的大地，样子就如一只大盘，四沿高凸，中间低凹，天上落下的雨水，全都积盛在中间，一点也泄流不出去。这样，人就长年累月泡浸在水里，这日子怎么过得下去！

后来，大地上出了个很能干的人，叫大禹，带着大家齐心合力治水，又采石又搬土，把地上的水分隔成条条块块，使无边无际的汪洋大水成了江河湖泊。这样，人们总算不用日日夜夜泡在水里，可以在堤岸上过日子了。可是，天不断地落雨，江河湖泊的水就不断地上涨，大家就得不停地抬石搬土加高堤岸。三日三，九日九，堤岸太高了，就会倒堤坍岸，日子还是没法安耽[2]。

这时，有个大汉出主意，说只有把大地四沿高凸的“边”打开缺口，把盛积的水泄流出去，才是根本的治水法子。主意是好，可是谁能打通这么坚硬厚实的大地沿边呢？那个大汉说，他身强力大个子壮实，只有让他来试试。当然，他现在的力量还不行，要养三年，三年里，他闭目张嘴困觉[3]，叫大家把每天吃的喝的都倒进他那张开的嘴中。说罢，大汉就卧倒睡去了。

一晃三年过去了，三年里，大家不停地给大汉添吃加喝。第一年，由日进十斗增到日进百斗；第二年，由日进百斗增到日进千斗；第三年，由日进千斗增到日进万斗。到了第三年，这卧躺着的大汉身子长了又长，长得几乎和大地的长短不差上下了。这时，大汉醒了，他感到浑身是劲，一个翻身，举起巨掌，用力一劈，把坚硬厚实的地沿劈开了个大缺口，随后又抬起大脚，奋力一蹬，把坚硬厚实的地沿又蹬开了个大缺口。盘

一样的大地有了两个大缺口，积水就“哗哗”地向缺口涌泄出去。没多时节，汪洋大海般的积水就退落了老多老多，大地上的人真快活呀，都高叫欢笑起来。这大汉因为一掌一脚已耗尽了他全部精力，也倒了下去，永远起不来了。

大家为了纪念这个大汉，就把他用巨掌劈开地沿泄出的那股水流叫“掌江”，把他用大脚蹬开地沿泄出去的那股水流叫“皇河”，因为他是大家推出但呒[4]没登位的皇帝呀！后来，年代一久，叫白了，就叫成“长江”和“黄河”。

后来，大禹就仿学这大汉的法子，带领大家把地沿打通成许多大小缺口，使大地间的积水都能畅通流出去。从此，世人才消除了长年累月受洪水泡浸的苦日子。

因为治水有功，大禹被大家推上当了皇帝，称为“大禹王”。大禹王又尊封那位大汉为“巨灵皇帝”，也就是“巨灵神”。

阅读加油站

①本文选自《中国民间故事集成·浙江卷》，中国 ISBN 中心，1997 年，第 64 页。

②安耽：安稳，太平。

③困觉：睡觉。

④呒：方言，没有。

太阳为什么东升西落

很久很久以前，太阳总是从东边升起，西边落下，给大地照明送暖，人们生活得很美满。可是，太阳总感到自己的生活太单调，太孤独，便下令叫所有的动物去给它做媒说媳妇。百兽们听了唯命是从，只有公鸡没有反应，却跑到沙漠中吃沙子去了。其他动物奇怪地问：“你为什么吃沙子？”公鸡答：“太阳娶了媳妇，再生一个太阳，这样一照，我们还能受得了吗！因此我捡沙子吃，防备以后的生活。”听了这话，动物们都不给太阳做媒了。

太阳听到这个消息，

非常生气，它发誓不再给人间温暖，就一头钻进大海里睡觉去了。这下动物们又开始埋怨公鸡了。第二天，天还没亮，公鸡就向大海边跑去，站在海边叫。太阳听了这清脆的声音觉得奇怪，就露出头来看。公鸡见太阳露出半边脸，就又跑到远一点的地方叫起来。太阳看不见，又往上蹿了许多，露出了红红的脸蛋。公鸡又往远处跑，放声大叫，太阳再升高许多。就这样，公鸡越跳越远，太阳竟忘了自己发的誓，一下子蹿出地平线好高。

“太阳升起来了!”动物们高兴地喊起来。太阳这才想起自己的誓言，但它羞得无法再回去，只得跟往常一样照亮大地。

从此，公鸡天天鸣叫，太阳天天东升西落。

阅读加油站

①本文选自《中国民间故事集成·陕西卷》，中国 ISBN 中心，1996 年，第 12 页。

启明星的来历[1]

从前，有个叫启明的人，是个天不怕地不怕的汉子。

一天，太阳突然不见哒，世界一片漆黑，人们非常惊慌，没有办法，只好摸黑过日子。启明气得冒火，到处打听发生这件事的根源。他走啊走啊，爬山过水，问了一处又一处，大家都不晓得。

后来，他来到一栋用岩巴[2]修成的屋门前，看见一个白发苍苍的老奶奶，问道："老奶奶，太阳突然不见哒，是个么得原因呢?"老奶奶说道："是天上的一只恶狗把它吞吃了，孩子。"他又问道："那怎么才能把它弄出来呢?"老奶奶说："不容易呀，要把狗杀死，剖开它的肚子，才能弄出来呢。那狗特别凶，连天上的神仙都有些怕它。"他听了更加气愤，下狠心要杀掉天狗。老奶奶见他很勇敢，就告诉他一些杀狗的办法。

启明回到家里，告诉父母和妻子，说："我去杀天狗。万一回不得来哒，你们就在天快亮的时候，朝东方看，看到一颗又大又亮的星星，那就是我。"说完，急急忙忙地离家走了。

一路上，他遇到了好多凶猛的野兽和怪物。到了天狗歇的地方，他和天狗打起了恶仗。打了七天七夜，不分胜败。他全身被天狗咬得血淋淋的，天狗也被他刺了几剑。又杀了三天三夜，天狗死在了他的剑下。

他飞剑刺破天狗的肚皮，太阳从天狗肚里跳出来，升上了天空。看着太阳又照亮了人间，他笑了。可他流血太多，突然朝东方倒下去了。

启明的妻子在家里等丈夫回来，每天天亮前坐在窗口边望着东方，等了十天，还是没见影子。第十一天清早，鸡刚叫头遍，她来到窗口一看，哎呀，那不是一颗又大又亮的星星吗？她忍不住，放声大哭起来，哭呀哭，一直哭到天亮。

后来，人们为了纪念启明，把天亮前出现在东方的那颗大星叫"启明星"。

阅读加油站

①本文选自《中国民间故事集成·湖南卷》，中国 ISBN 中心，2002 年，第 9 页。

②岩巴：岩石。

四季的来历①

盘古开天地的时候，世间还很荒凉，四季不分，五谷不生。西边山上有个老人，他有四个女儿。一天，他把女儿们喊拢说：“你们都长大了，都出去学门手艺回来。”

隔不多久，四姊妹从东南西北四个方向回来了。大姐学会了绣花，二姐学会了磨镜，三姐学会了打车子，四妹学会了推磨。姐妹们都争着说自己学到的本事最大，互不相让。西山老人要她们从大到小把学的手艺当众亮出来。

大姐摆开绣花架子，拿出金针彩线，才抽了三针就绣成箩筐大一朵牡丹花，又抽了三针就给花朵配上了绿叶，再用衣袖轻轻一扇，牡丹花就活了，香气直钻人的鼻孔。二姐不服气，摸出一块铜镜，坐在西山顶上用山脚下海子里的水磨起镜子来。

只磨了三下铜镜就透亮，再用手帕揩了三下，铜镜就发出炽热的光芒，热得老人直摇扇子，大姐绣的牡丹花也被晒焦了。

二姐还要继续磨镜子，三姐发气[2]了。她拿出金斧头在海子边砍了一棵梭罗树，“叮叮当当”响了三声，打好一架水车，搅了几下，海子就搅干了，二姐也就磨不成镜子了。四妹也不甘落后，把磨子搬出来，把东山提到磨子里一推，磨子转了三转，磨缝里便飞出成千上万的石头，铺在三姐当门，那水车马上就搅不动了。

四姊妹还要争吵，老人发火了：“看你们把这儿弄成啥样子了！本事再大不和气也不行。俗话说‘蛋碰蛋，两打烂’，现在乡亲们都来了，一定要当着大家和和气气地把手艺献出来，为大家做好事。”

四姊妹被老人说服了。大姐换上绿衣服，二姐换上红衣服，三姐换上黄衣服，四妹换上白衣服，在乡亲们面前敬了个礼，便开始显手艺了。

大姐绣了床花毯子，上面的花朵万紫千红，奇香阵阵，引来各种雀鸟“叽叽喳喳”唱个不停。大姐把毯子往空中一抛，毯子飞过海子，飞出云外，落在地上把整块大地都盖着了。于是，山坡上果树成林，开花结果；平坝上油菜花金黄，麦苗翠绿，各种庄稼开始长起来了。

二姐摸出镜子，在海子边磨了磨，镜子便亮晶晶的。她把镜子朝空中一抛，一轮火球高高升起，金光四射，大地一下暖和起来，雾气散开了，水变清亮了，空气新鲜了，花开得很鲜艳，庄稼也长得很好。可是，当二姐过了些时候，把镜子摘下来磨一磨、揩一揩时，浊气又起来了，一些鬼虫子趁机出来飞进五谷中，爬到花果上，大吃大喝。二姐一见，忙把镜子摇晃摇晃，空中就不住闪光，吓得虫子趴在地上不敢动；她再把镜子磨荡磨荡，便发出“轰隆隆”的响声，虫子一下都被震死了。可是，镜子越磨越亮，又热得人们受不了，五谷、花果都热得低下了头、弯下了腰。

大家正在着急，忽然刮过来一阵凉风，吹散了地上的热气，原来是三姐架着风车来了。除了风车，她还给大家打好了水车、纺车、鸡公车。人们用水车车水浇地，用纺车纺线，用鸡公车运送丰收的粮食、果子。四妹站在宝山顶上，不停地推磨子，磨出了漫天的白粉，一下把大地遮盖得一个小黑点都没有。

四姊妹的手艺都显出来了，乡亲们和来自东南西北的客人们，都一个声③地夸奖四姊妹本事好又和气。西山老人也很高兴，给女儿们分了工，一天十二个时辰，从大到小各管三个时辰。她们的一天，就是地上的一年，按十二个月计算，她们刚好一人管一个季节，这就是春、夏、秋、冬。

阅读加油站

①本文选自《中国民间故事集成·四川卷》，中国 ISBN 中心，1994 年，第 38 页。

②发气：生气。

③一个声：异口同声。

大陆的来历[1]

顶早辰光[2]，天底下全是一片汪洋，呒[3]没一块陆地。世上还没有人，其他生物也只有两个怪东西，都是身体两边有翅膀，但勿会飞；肚皮底下生出两只脚，能够在水上游来游去勿会沉下去。一个自称是绿鸭道人，另一个头上突出一个红块，自称是红君老祖。伊拉[4]经过千千万万日夜修炼，都有蛮深的道行。

有一趟，伊拉在水面上碰头了。

绿鸭道人说："其实我伲[5]勿光能在水面上游游，在陆地上也能走走的。可惜到东到西全是水，倘若能有水也有陆地，那几何好哇!"

红君老祖说："我可以把它变成陆地。"

绿鸭道人说："侬[6]勒拉说大话了。这海洋蛮深，水又多，侬能把伊变成陆地?"

红君老祖说："侬能把海底的泥衔上来，我就有本事把伊变成陆地。"

绿鸭道人心想：海底虽然深，水又急，但凭我的道行衔点泥上来还是来事的，今朝我倒要看看侬的道行到底有几何

深。“好，看我的！”说完就一头钻进水里。

可是水太深太急，绿鸭道人第一次下去呒没成功。红君老祖老嘎三千[7]说：“看来侬的道行太推扳了。”

绿鸭道人好强，狠了狠心，“扑通”一声又向海底钻下去。过了一歇工夫，果然含了一口泥上来了，得意洋洋地说：“这一下要看侬的了。”

红君老祖说：“侬把眼睛闭上。”绿鸭道人闭拢眼睛，心里还在转念头：是勿是吹牛皮，要看侬的颜色啦！

红君老祖把泥土在手掌心搓搓，两只手节头[8]捏捏，最后把泥块往四面八方掼出去。泥块一碰到水面，水立刻退下去，露出一大块一大块陆地。等所有的泥块掼光，伊对绿鸭道人喊了一声：“侬看！”

绿鸭道人张开眼睛一看，眼门前大水呒没了，一片连一片都是干土，看得绿鸭道人张大嘴巴半天合勿拢。伊跳上去踏踏，有的地方还有点软冻冻，有的地方已经绷硬结实，上面勿要说可以走来走去，将来搭棚棚造房子都来事。绿鸭道人对红君老祖十分服帖，连连说：“佩服！佩服！”勿料再朝自家身上一看，原来全身浓浓密密的羽毛勿见了，只有一根毛贴勒身上，吓得叫起来：“啊呀！我的毛呢？”梗转[9]一想，“喔，我两趟冲到洋底，用仔蛮大的劲，再加下去太猛，水的力道把我身上的毛差勿多全冲刷光啦！”

红君老祖看绿鸭道人舍不得的样子，忙安慰伊说：“勿要急，我来还拨侬。”伸手把绿鸭道人剩下来的毛索性拔下来，放勒手掌上，嘴巴里“叽里咕噜”念了一阵，再鼓气把手掌上的毛朝绿鸭道人使劲一吹，绿鸭道人觉得身上痒几几⑩，慢慢叫浑身又长出了鸭毛。

原来绿鸭道人是一只鸭子，红君老祖是一只鹅。从此，鸭和鹅有时勒水里游游，有时勒陆地上走走，水陆两便，交关适意。不过鸭的道行没有鹅那样高，勒一道辰光，对鹅总是忌一脚⑪。有辰光鹅要发脾气，鸭只会退避，勿敢碰伊，到现在还是这样。

阅读加油站

①本文选自《中国民间故事集成·上海卷》，中国ISBN中心，2007年，第14页。

②顶早辰光：很久以前。

③呒：方言，没有。

④伊拉：他们。

⑤我伲：方言，我们，也说“伲”。

⑥侬：方言，你。

⑦老嘎三千：方言，倚老卖老，摆老资格。

⑧手节头：方言，手指。

⑨梗转：方言，转过来；回过头来。

⑩痒几几：方言，形容身上有些痒的感觉。

⑪忌一脚：方言，对某人敬佩或有些畏惧。

武爷射太阳[1]

很古的时候，天上有九个太阳，晒得田土开裂，人些[2]都喊活不出来了。有个打猎的人，叫武爷[3]，有一手好箭法，一心要把太阳射下来。

一天，武爷上山打猎，太阳出来了，他拿起弓箭就射。哪晓得箭头是硬木料做的，经不起九个太阳晒，射到半空中就化成了灰。

第二次，他把箭头换成了硬石头，刚射到半空中，就化成了水。他急得莫法[4]，闷起脑壳坐在山上。突然，“嘎”的一声，山岩上开了一道石门，走出一个白胡子老头。老头对武爷说：“你想射太阳吗？要用龙骨做箭杆，虎骨做箭头。”武爷想问龙骨、虎骨哪里去找，还没开口，白胡子老头就不见了。

过了几天，武爷上山去打猎，发现一条大蟒蛇，盘在石岩上，身子有水桶那么粗。他想，蟒也算龙嘛，便一箭射去，把蟒射死了。他用蟒的骨头做成了九枝箭杆。隔了几天，武爷又上山打猎，遇到一只老虎，向他猛扑过来。他转身让过，一箭射去，把老虎射死了。他又用虎骨做成了九个箭头。

第二天，武爷带上龙骨和虎骨做成的箭上山。刚到山顶，太阳就出来了。他赶忙对准太阳射了一箭，射下一个太阳。他又接连射落七个太阳。剩下的那个太阳，就赶紧躲起来了。这下，天就黑了。

没有太阳还是不行。人些商量，喊鸟儿在树上叫唤，请太阳出来。太阳不晓得鸟儿叫些啥子，还是躲起不出来。人些又喊公鸡去喊。公鸡唱声吆吆地叫："哥哥喔，哥哥喔，太阳哥哥出来喔，喔!"太阳听清楚了，他想出来，又怕遭射，还是躲着没动。隔了一阵，公鸡又叫了第二遍，太阳还是有点不放心，心想等会儿再看。又隔了一阵，公鸡叫了第三遍，太阳先伸出半个脑壳看了一下，晓得不会射它了，才慢慢走了出来。它一出来，天就亮了。

阅读加油站

①本文选自《中国民间故事集成·四川卷》，中国 ISBN 中心，1994 年，第 92 页。

②人些：方言，人们。

③武爷：对武艺高强者的泛称。

④莫法：方言，没有办法。

打五谷[1]

许多许多年前，有一回，世界叫洪水淹了，地上的山川草木、人兽飞禽，一个也不见了，只见水连着天，天连着水。那些很高很高的山，在水面上只露着半截尖尖儿。

后来，水慢慢退了，一些避在山尖上的人们就下来了。可地上啥也没有了，只剩下光秃秃的山和孤巴巴淌着的河水。那一眼望不透的大平川里，翻拉羊皮连根草也不粘；太阳一晒，地面上的泥像牛皮似的卷起来了。没吃的，没穿的，没用的，眼睁睁儿剩下的这些人活不成了，世界看着看着周留[2]不下来了。

开天辟地的天皇也不知到哪里去了，只有人皇的人们去找五谷的神灵们，求他们快快生长出来，搭救人和生灵，周留人间世界。咳！这五谷的神灵们趁这个要命空儿，出来拿人[3]了，他们说："哼！要我们长出来，世界就得我们管，天下的人和生灵要听我们使唤，人的死活要听我们的安排哩！"人皇一听，怪生气的，他说："噢？你们要称王称霸，骑在人的头顶上吗？你们还要人来种哩，荒天背上老热太儿[4]下苦流汗才长成哩，你们凭啥要管人哩！"五谷神们冷笑一声说：

"哼，不答应就罢了，你们的命，这早晚就在我们手里哩，我们偏不长，看你们咋呢!"人皇说："咳!照你们说，要人死完，世界没了不成吗？还是快长吧。"五谷神们把头抬得高高的，闪着眼皮儿，理也不理。看着人们黄瘦无力，他们相互一挤眼儿，动起武来了，想把人们打死哩!那青稞、麦子神射起他们满身的箭来——就是麦芒么；豆儿神挥起大刀——刀样的豆荚儿不是么；洋芋神把铜锤抡来抡去——就是洋芋结的青蛋儿么；白米神披着金甲就往人伙里冲——就是那米壳；高粱神挑起长枪就朝人刺——就是高粱秆儿么!

人们见了这阵势，气得眼里冒火哩，人皇说："打就打，人要活哩，世界要留哩，世界由了你们那才怪哩!由了猪，要把天下秽通⑤哩。"人们拿起了土疙瘩、大石头，就和五谷神打开了。打呀打呀，人多力量大，那几个五谷神吃不住了，转身就跑。人们追啊追啊，他们又往地下钻开了。这时，人皇追上豌豆，就狠狠地当腰一脚，朝豌豆神的腰踢了进去，还踢出屎来了——你见着没，豌豆不是弯着吗？就是那时候才弯下的，那个蹶出来的芽芽儿就是踢出来的屎。那扁豆儿一见，吓得屁滚尿流，挤着抢着往外长，因此就挤扁了，原来它还是滚圆滚圆的哩!人皇又一把抓住青稞、麦子神，问它长不长，它还支支吾吾不出气，人皇翻手就抽了它身上的筋，它又痛又急，急忙说："我长我长。"到今天，青稞、麦子上那正中的槽槽儿，就是那时候抽了筋留下的。白米神一见这阵势，吓得急忙磕头求饶，不提防头磕得太猛，"啪"一下，把额头给碰进去了。到现在那白米上陷进去的一片疤，就是那时候碰下的。人们一阵乱石头把洋芋神打得浑身坑坑洼洼，满地打滚，吓得它一长就长出了一大堆。早先听得那洋芋像果子一样光溜溜的，还一根才结一个哩！人们把高粱打得披头散发，鲜血直流，它喊着哭着急忙长开了。你没见那高粱长得七枝八杈的，血一样红。

从此五谷服了人们管，庄稼长得绿油油儿的，嫩闪闪儿的，越来越茂盛了。人们有了吃，有了穿，世界就周留到现在了。

阅读加油站

①本文选自《中国民间故事集成·青海卷》，中国 ISBN 中心，2007 年，第 18 页。

②周留：当地方言，即留传。

③拿人：当地方言，要挟、威胁之意。

④老热太儿：当地方言，即太阳。

⑤秽通：当地方言，即拱遍天下。

风霜雨雪与火龙[1]

盘古开天辟地之后把天下分为五方：东方甲乙木，南方丙丁火，西方庚辛金，北方壬癸水，中央戊己土。管理北方的天神是北极雄天大帝。

北极雄天大帝的姐姐嫁给了南方的天神，生有一个儿子，就是火龙。这火龙生性顽皮，喜欢到处游荡。火龙，浑身是熊熊烈火，他一出去，勿要说百姓的草房瓦屋，就是高山峻岭的石头也会被他烧成火浆。他所到的地方就是一片火海，人和动物全部烧煞，房屋和田地里的东西统统烧焦，给人间百姓带来邪气大的灾难。

火龙的爷娘管勿住他，就向北极雄天大帝商量，想把火龙寄养到北方水府里去，以水克火。舅舅北极雄天大帝就把火龙接了去对他严加管教，还派了很多天兵天将看牢他，勿许出去。火龙在舅舅家里倒也并勿冷清，有几个表弟兄陪他白相，这样他就勿再出来闯祸，世间百姓就平安无事了。

过了几年，火龙对舅舅的管教也慢慢服帖了，一天天长大起来，也懂事体了。有一年冬天快要过年了，他愁眉苦脸，无精打采。舅舅问他："有啥心事勿开心？"火龙说："我离开父母好几年了，蛮想念他们的。马上又要过年了，人家都是合家团圆，我见勿到父母和兄弟姐妹，想想心里难过。"舅舅觉得外甥同几年前已经大勿一样，他长大了，再把他整天关在自己家里连父母都勿让见面，就有点勿合情理了，于是就当场答应火龙过年前后让他回家探亲。

北极雄天大帝想着：火龙出门，板定[②]要给百姓带来灾害，所以特地派了冰神、雪神、霜神、雷公、电母、风伯、雨师全部出动，一路上护送火龙。说是护送，其实各个天神把火龙团团围在当中，雷电开路，用冰、雪、风、雨将火龙身上的火紧紧"封"住，勿让他发格[③]。尽管这样，但有辰光，各个天神走起路来步子有快有慢，一勿小心，火龙就会蹿在外面，还是使得人间百姓遭殃。

所以直到现在，一到冬天火龙回家探亲的季节，火灾就比平时要多。又因为火龙探亲是从北方向东南而来的，所以到了冬天，西北风、雨、雪、冰、霜也就同时来到人间。

阅读加油站

①本文选自《中国民间故事集成·上海卷》，中国 ISBN 中心，2007 年，第 24 页。

②板定：方言，一定；总归。

③发格：方言，发脾气，发火，发威。

气葫芦[1]

岷县北温家山有个老人，人叫他“神仙爷”。他给人说：“人是气葫芦变的。”

相传在很古很古以前，天地浑沌，天上有清气，地下有浊气，清气浊气乱纷纷。清气噗噗往下落，浊气腾腾向上升，它们连接起来粘着就很难分开了。可是清气浊气不能混，一个又拼命往上升，一个又死劲向下沉，两个扯紧，中间细了，就变成了气葫芦。

又不知过了多少年代，阳坡月亮出来了，发着光，气葫芦就长上了明亮的眼睛；高山突起了，气葫芦就有了鼻子和高低不平的脸颊；河水流来了，气葫芦上就开了七窍。到了春天，草木发芽，气葫芦上长上了毛发胡子；夏天一打雷，“轰隆隆”地响，气葫芦也有声音了；秋天来了，刮风落霜，气葫芦也出现了各种颜色；冬天呢，树木枯萎，气葫芦也有长眠的时候。至于那一早一晚，一明一黑，气葫芦也就有了活动和睡觉的间歇。再说，一根蔓上，也不是长着一个气葫芦，至少有两个，上面是阳，下面是阴。阴阳相配，就能开花结果，一代传一代，气葫芦也就越来越多了。

我们岷州，地处西方。西方在几万万年前原是汪洋大海。这个海，很大很大。它离王母娘娘的瑶池近，气葫芦多年变化成精，也就咕噜咕噜动起来了。以后，昆仑山出现了，那是神仙居住的地方，气葫芦也就变得更机灵了。那时候，洪水横流，气葫芦没法生长，神仙就来护土，越护越多，出现了很多很多的山，于是就把咱岷州一带叫雍州。这些山中，岷山最高也最长。岷山导江，洪水向东南流，出现了大片土地，气葫芦就变成了人形，开始创造工具，进行劳动生产，渐渐地变成现代人，也就有了文明的开始。

阅读加油站

①本文选自《中国民间故事集成·甘肃卷》，中国 ISBN 中心，2001 年，第 5 页。

少数民族民间神话故事

创世纪[1]

远古的时候，世上没有人，冷冷清清的。格蒙[2]住在天上，他感到世间太寂寞了，应该有生气，于是他弄来一块石板和一团泥巴。格蒙在石板上把泥巴揉透了，做成一个男人和一个女人，对着泥人吹了一口气，泥人就活起来了。格蒙使男人和女人成了一家，生活在一起，他们生了娃娃，世间人烟慢慢稠密起来。

那个时候，卜郎[3]和人是共同生活在一起的，卜郎的娃娃由人的娃娃领，人的娃娃由卜郎的娃娃带。卜郎就像蚂蟥一样以吮血为生，卜郎的娃娃肚子饿了就吮人的娃娃的血，慢慢地，人的娃娃瘦了，病了，死了；而卜郎的娃娃身体老实好，一个比一个胖。日久天长，卜郎就比人多了。格蒙看到这种状况，很不满意："我创造了人，卜郎又把他们吃了。这么多的卜郎杀又杀不完，怎么办呢？只能让洪水把人和卜郎分开。"

格蒙使老天降大雨，九天九夜，庄稼被冲走了，粮食没有了，人们只得到山上采集野菜。有两兄妹，哥哥叫彭，妹妹叫楠，也到山上去采木耳。别人采满了背箩，回去了，可这兄妹俩总是采不满背篓。他俩采啊采啊，爬了一山又一山，来到戈瓦格布山[④]。这时电闪雷鸣大雨倾盆，天就像裂开了缝，昏天黑地。洪水淹没了群山，一直淹到了戈瓦格布山，兄妹俩退到了山顶一看，周围一片汪洋。

洪水冲来了一些野兽的尸体，哥哥饿极了，捞来兽尸划开就吃，血淋淋的肉，散发出一股难闻的腥臭。妹妹不敢吃血腥的肉，便把野物的心、肝切成片，晒干吃。六天六夜过去了，水还是没有退下去。

这时一只很大的苍蝇飞来停在石头上，两只脚不停地搓，像是在教他俩什么。哥哥比妹妹聪明，从苍蝇搓脚的样子，悟到了燃火。于是，哥哥从篮子上解下背带，绕裹在石头上，学着苍蝇搓脚的样子，不停地、反复地拉动背绳，背绳和石头不断摩擦，冒出了火星和烟子。火燃起来了，他俩高兴地笑啊，唱啊，高兴过后，火熄灭了。他们又找来树枝、干草，拉磨背绳，再次把火燃了起来，从此他俩再也不敢大意了，小心地保住了火种，以后就不吃生肉了。

一条大蛇爬过来取暖，他俩捡起一根棍子要把蛇打下水去。这时蛇讲话了："你们不要把我打下水去，我也是格蒙留下来的种，如果我被你俩打下水去，我也要用我的尾巴把你俩卷下水去！"兄妹俩害怕，只好让蛇活了下来。

九天九夜过去了，洪水慢慢地泄了下去，世界成了一片泥泽，没有绿草、树木和人烟。他俩四处找人都找不到，于是商量，分头去找人，彭从东寻，楠朝西找。临别时，他俩把一根树枝折断为二，一人拿一节。

九年过后，兄妹相遇了，可是一个认不得一个，经相互询问，他俩拿出树枝一对，才知道是兄妹，两人抱头大哭，世上没有别的人哩！

兄妹俩住在戈瓦格布山的一个岩洞里，晚上各睡各的。可是第二天醒来，他俩会睡在一起。阿哩，这是怎么一回事？兄妹害羞极了。第二天，他们用柴垒起墙，隔在他们中间。次晨醒来，他俩脸红心跳地睡在一起，而且柴没有动，这到底是为什么？第三天，他俩抬来石头，垒起墙来，并咒：“我动石头从这边滚，你动石头从那边滚。”次日醒来，兄妹两人还是睡在一起，石头也没有滚动。他们又砍来竹子，做成竹筒，在竹筒里装满水，放在石头墙上，又咒：“我动水从这边泼，你动水从那边泼。”次日醒来，兄妹两人仍是睡在一起，竹筒里的水仍旧是满满的。

彭想这可能是格蒙有意撮合他们。他拿着一筒水，来到一块大石板面前祈祷：“如果格蒙让我们传人烟，那么让这筒水把石板冲出九条江来。”说来也怪，水倒在石板上，涓涓细流顿时形成九股巨大的水，把石板冲成了九条江。兄妹俩在山洞里生出了九男九女。九男九女长大后，分成了九家人。现在戈瓦格布山的岩洞里，还有九个火塘的遗迹哩！

九男九女个个聪明能干，男的造弓、打猎，女的织布、种地。但是他们相互猜疑，争吵，甚至打架。为了平息纠纷，父亲抬来一块大石板，谁要是一箭把这块石板射穿，谁就当家主管一切，射不穿的人就听命于穿石之人。父母的规定，兄弟姊妹没有说的，个个拉弓搭箭，轮流射石，最后只有阿普[5]、阿楠[6]一箭穿石。弟妹们不服，阿普、阿楠恃自己武艺高强要杀死弟妹，父母劝道："你们都是我俩的儿女，情同手足，不能相互残杀，既然你们不能和睦相处，那就分别到九条江上去居住吧！"

大哥、大姐东迁至金沙江，成了汉人。由于他俩带去了好的粮种，他们那儿的庄稼长得好，粮食吃不完，人口多了起来。后来大哥当了官，管辖九条江。

二弟、二妹去了澜沧江。三弟、三妹留在独龙江。四弟、四妹迁到了德鸠江。五弟、五妹搬到了脱洛江。六弟、六妹搬到了戈墨黎江。七弟、七妹西迁至拉打各江。八弟、八妹去了木里江。九弟、九妹去了怒江。九男九女的后代们分别居住在中国的四条江上和缅甸的五条江上，以后人口慢慢地多了起来。

阅读加油站

①本文选自《中国民间故事集成·云南卷》，中国ISBN中心，2003年，第187页。

②格蒙：创造万物之神。

③卜郎：鬼。

④戈瓦格布山：高黎贡山的最高峰。

⑤阿普：大哥。

⑥阿楠：大姐。

迦萨甘创世[1]

远古时候，世界混沌一片，没有天，没有地。那时候，只有创世主——迦萨甘。迦萨甘四肢俱有，五官齐全，有耳能听，有眼会看，有舌头可以讲话，长相和人差不多。

迦萨甘先创造了天和地。当初，天只有圆镜那么大，地只像马蹄一样小。迦萨甘把天地做成三层：地下层、地面层和天空层。后来，天和地各增长成七层，而且在慢慢地长大。那时候，天和地漆黑一团，寒冷无比。迦萨甘用自身的光和热又创造了太阳和月亮，从此，天和地便得到了光明和温暖。

起初，天在上，凝然不动；地在下，不大甘心，总是摇晃不定。迦萨甘拉来了一头硕大无比的“青牛”，把地固定在牛的犄角上，大青牛生就的犟脾气，只愿意用一只犄角支撑，地仍然不时晃动。尤其每逢大青牛将大地从一只犄角倒换到另一只犄角上去的时候，大地就震荡起来，发生强烈的地震。迦萨甘十分气恼，顺手抓起一些高山，当作钉子，把大地牢牢地钉在大青牛的犄角上。

迦萨甘住在天的最上层，所以，迦萨甘就是天，天也就是迦萨甘。迦萨甘把太阳和月亮都放在天的中间，在太阳和月亮的照射下，大地亮堂堂，暖融融。可是，当时的大地上是空旷无边，寂然无声，什么也没有。迦萨甘寻思着给大地创造一些有生命的东西，还要给大地创造主人。于是，迦萨甘在大地的中心栽了一棵“生命树”，生命树长大了，结出了茂密的“灵魂”。灵魂的形状像鸟儿，有翅可以飞。这时，迦萨甘用黄泥捏了一对空心小泥人，小泥人晾干以后，迦萨甘在他们的肚子上剜了肚脐窝，然后取来灵魂，从小泥人的嘴巴里吹进去，一对小泥人便倏然站立，欢腾雀跃。他们就是人类的始祖。男的名叫阿达姆阿塔②，女的唤作阿达姆阿娜③。

两个小人长大了，迦萨甘让他们俩婚配，他们前前后后共生了二十五胎，每次都是一男一女的双胞胎。后来迦萨甘又主持了这些双胞胎的婚礼。男女共五十人，同胎的男女不婚配，最后组成了二十五对夫妻。从此，人类便逐渐繁衍起来。他们以二十五个男性为主，发展组成了二十五个部落，以后又进一步发展成为各个不同的民族。

为了人类的生存和享用，迦萨甘在创造人的时候，还创造了各种飞禽走兽、花草树木。起初，迦萨甘用从小泥人肚脐窝里剜出的泥屑先创造了狗，又创造了一切有益于人类的其他动植物，还创造了种种有益的草木虫鱼，并且给它们注入了灵魂，使它们都有了生命。因为迦萨甘给人类先创造了狗，所以，直到今天，狗对于人类依然是十分忠实而驯顺的。

自从大地上有了人类和万物，便呈现出一派生机勃勃、无限美好的景象。这时，巨型恶魔黑暗，对大地上的光明、美好的生活十分憎恶，对大地的主人——人类得到的殊遇十分嫉妒。它违抗迦萨甘的旨意，从天外偷偷地闯进来，把大地笼罩得一片漆黑。它用各种灾害、疾病威胁大地的主人和一切生物，尤其可怕的是，它还用死亡大量地残害生灵，使人类陷入了极度的惊恐不安之中。

迦萨甘见恶魔如此凶残，把平静的人间闹得很不安宁，立即派遣太阳和月亮去征战恶魔。太阳原是强悍刚烈的男性，月亮本是温柔恬静的女性。它们高悬中天，久久相望，早已产生了爱情。太阳和月亮正在热恋之中，但是，它们欣然接受了迦萨甘的旨意，承担起了抗击恶魔、拯救人类的重任。

太阳和月亮并肩战斗，迎击恶魔——黑暗。由于恶魔来势凶猛，搏斗得十分艰苦激烈，它俩彼此失散了。由于恶魔气焰嚣张，总是伺机要残害人类，太阳和月亮只好不停歇地驱赶恶魔，用各自的光明照耀大地，哺育、庇护着人类和万

物。时光飞逝，激战犹酣。太阳和月亮十分忠于职守，不停地追赶着恶魔黑暗，可是，这对恋人却没有再次聚首相见的机会。有时候，他们难免伤感而流下相思的泪水，相传天上下的雨和雪就是它们的眼泪。

太阳和月亮本来就是迦萨甘给天、地赐予的光明和恩惠，所以每当自己钟爱的太阳和月亮伤心落泪的时候，往往引起这位创世主的同情，而且总是怒不可遏地拿起自己那张叫作“迦扎伊勒”的弓箭，狠射恶魔。天上打雷，那就是迦萨甘弯弓射箭时发出的响声；空中闪电，那就是箭矢喷出的火光；弓箭的箭镞落下来，便是划破长空、飞速坠下的陨石。

因为有迦萨甘的佑助，太阳和月亮便日以继夜而且更加无所畏惧地追逐驱赶恶魔。恶魔黑暗十分害怕迦萨甘，对太阳和月亮穷追不舍的气势也心虚胆寒，总是东逃西躲。所以，直到今天，黑暗还是害怕太阳和月亮迸射的光芒。

阅读加油站

①本文选自《中国民间故事集成·新疆卷》，中国 ISBN 中心，2008 年，第 4 页。

②阿达姆阿塔：哈萨克语，人类之父。

③阿达姆阿娜：哈萨克语，人类之母。

依罗娘娘造人[1]

在远古的洪荒年代，天和地挨得很近。画眉鸟的叫声传到天上，天上的人要打画眉鸟。从此，画眉鸟只好到树林深处去藏身。地上池塘里，青蛙不停地叫，吵得天上的人日夜不宁，天上的人要打青蛙。从此，青蛙只好到岩脚去躲藏。地上长的葛藤长到天上，绊得天上的人跌跤，他们要砍葛藤。从此，葛藤只能趴着不敢伸腰。地上的巴茅长上了天，天上的人烦恼，走路不便，他们要把巴茅割尽。从此，巴茅只好长到小沟两边。地上马桑树的枝椏也伸进天上，地上的小娃儿沿着马桑树往上爬，吵得天上的人不安宁，他们要砍马桑树。从此，马桑树只敢长三尺高。

那时，东海有条大鱼，鱼翅伸进了天庭，鱼腥味熏着了天上的人。天上的人搬起大斧砍在大鱼的背心，大鱼负痛翻了个身，把天上捅了个大窟窿，把地上捅了个大坑。从此日夜不分，四季不清，雀鸟不叫，树木不生，大地漆黑一片，世上混混沌沌。

这时天上的大神墨特巴叫来了张古老和李古老。张古老头顶白发，胸飘银须，赤着脚，拄着拐杖，一跛一跛地走来。墨特巴说：“张古老，辛苦了，快去把天补起来。”李古老头发蓬松像棕丝一样，满脸的棕色胡子，拄着一根长烟杆走来。墨特巴说：“李古老，辛苦了，快去把地补起来。”张古老和李古老都听从了墨特巴的吩咐。

接着，张古老就补起天来。他脱下衣服，甩开两手，身上捆着葛藤，高高卷起裤腿。张古老用五色的石头补塞天的大洞，又怕不牢靠，还用钉子钉起来。他日夜不停地补，过了七天七夜，终于把天平平展展地补了起来。现在我们看到的彩云飘动，那是五色石头的光彩；看到星星闪亮，那是钉子在发光；看到月亮很明亮，那是张古老补天时用过的火把；看到地下有露水滚动，那是张古老补天时淌下的汗水。张古老大功告成，可是李古老还睡得鼾声如雷呢。

张古老见李古老还没有动静，就去叫醒他，可是怎么也叫他不醒。张古老只得跑到天门上去擂起大鼓，这下把李古老给震醒了。李古老醒来，看天已补好了，大吃一惊，便急急忙忙补起地来。李古老脱下衣服，咬着牙，毛脚毛手来补地。他东边顿几脚，变成了河；西边挺几挺，变成了山岭；南边踩一踩，变成了一块土坪；北边用力过猛，堆成了一座山。他把泥巴捏成疙瘩到处放，又用棍棒东撬西撬，弄得现今的地面高高矮矮、坑坑洼洼，这都怪李古老补地时太慌张了。

张古老和李古老把天地都补好了，但是地上没有人，到处冷冷清清。墨特巴又叫张古老去做人。张古老做了九天九夜，先做脑壳，脑壳上做了一个嘴巴、两个鼻孔、两只耳朵和两只眼睛，接着又做了身躯和两手两脚。可是，太慌张了，忘记做肚脐眼与屁股眼，睡着不能出气，站着不能走路。张古老喊了三声“天”，垂头丧气地上天去了。墨特巴又叫李古老去做人。李古老还是按照张古老的办法去做人，做了九天九夜，什么都做好了，但也忘了做屁股眼，人还是没有做成。李古老伤心地喊了三声“地”，垂头丧气地钻地去了。

地上无人，还是冷清的。墨特巴再叫女神依罗娘娘去做人。依罗娘娘先摘葫芦做脑壳，在脑壳上开了两只眼，额门上画了一对眉毛，又做个鼻子栽当中，戳两个鼻孔通呼吸，做两只耳朵挂在左右，鼻子下面开个嘴巴，口内做了舌头和牙齿，喉咙当中接气管，可以通到肠肝肚肺。依罗娘娘又砍了些竹子做骨架，和些泥土做肌肉，摘张树叶做肝肺，又摘段豇豆做肠子，还用茅草做汗毛。这些都做齐了，又把手和脚来做。依罗娘娘心很细，连肚上的肚脐都没有忘记，还有屙屎屙尿的和生儿育女的也一并做齐。这样的人，嘴巴一张出了气，扯了他的耳朵便笑了出来，人就这样做成功了。

忙了十天十夜，依罗娘娘做成了人，可是却把她累坏了，她的眼皮浮肿了，脸消瘦了。人们至今还怀念着补天补地的张古老、李古老和做人的依罗娘娘。

阅读加油站

①本文选自《中国民间故事集成·四川卷》，中国 ISBN 中心，1994 年，第 1211 页。

人类始祖返老还童[1]

古代传下的一个故事，说是天和地刚形成的时候，同时生出了一对人类的始祖，女始祖叫波丽萍，男始祖叫岳利华。

波丽萍和岳利华和和气气地生活在一起，日子过得很舒心，但是他们活得同我们今天的人很不一样。每天天刚亮的时候，他俩都是奶娃娃，在床上爬来爬去“呱呱”乱叫。脸蛋长得胖嘟嘟的又红又嫩，眼睛亮晶晶的，咕噜咕噜转着，着实逗人喜欢。到了吃早饭的时候，他们长大了，长成了小娃崽、小姑娘，一会儿在院坝里唱唱跳跳，一会儿跑到路边去拣石子和棍棍草草玩，又活泼又可爱。到了吃中饭的时候，波丽萍和岳利华成了青年人。波丽萍长得很美丽，眼睛又大又亮，头发又黑又长。岳利华长得很健壮，有一副宽厚的肩膀，一双粗壮的大手。这个时刻，是他俩在一天中最快乐的时光。但这段时间一晃就过去了，要留它也留不住。一会儿，太阳偏了西，波丽萍和岳利华就渐渐变老了。等到太阳一落坡，天唰地黑下来，他俩都变成了白发苍苍的老人。他们的身体完全衰弱了，精神也衰竭了，坐在那里，头耷拉在膝盖上动也不想动。说是睡着了吧，又没有睡着；说是醒着吧，又是迷迷糊糊的。这是他们一天中最为悲伤的时刻。

他俩就这样打发完了一天的日子。经过一个晚上的休息，两个始祖返老还童了。第二天天一亮，他们又变成了奶娃娃，在床上乱爬乱叫；吃早饭时，长成了小娃崽、小姑娘；中午时候，是标致壮实的大姑娘、小伙子。可惜时间一过去太阳偏了西，他们又像头天一样，开始衰老下来；等到天一黑，又都变成了白发苍苍的老人。

两位始祖就这样一天又一天地过着日子，每天都要变化几次，从奶娃娃变成老人，变得很快很快。因为一天之中变得太多太快，虽然他们活了很多日子，却来不及生儿育女，来不及种植庄稼，他们为这事心里忧愁得很。

有一天中午，天神元告杜到人间来巡视，看到波丽萍和岳利华正在路边玩。这一对青年人，一个长得美丽非凡，像朵水灵灵的鲜花，一个长得健壮结实，充满活力。天神元告杜愈看愈喜欢，便向他们问道："你们两人的日子过得咋样？"

男始祖岳利华心里早就有想法了，他见天神询问，便照直把心里话说了出来。他告诉天神道："我们二人的日子倒是过得好好的，别的都很满意，只可惜太阳一偏西，我们就开始衰老了。"

天神元告杜这次下凡，本来就有打算，想让他们永不衰老。但他要向他俩讲清，不光是永远年轻就了事，要想永远年轻，就必须承担许多责任。所以听了岳利华的话后，元告杜便向他们交待说："你们的请求我可以答应。但是，你俩要想永远年轻，就必须劳累筋骨，耗费心血，不仅要生儿育女，还要种粮盖屋，辛辛苦苦地哺育他们。要让子孙一代又一代地繁衍下去，要让子孙布满人间，布满天空。”

两位始祖一听，高兴得不得了，一口答应了天神的要求。天神便说：“好！我今天就赐福给你们：从此你们会有永久的生命，你们将相伴相随，永远美满健康，永远不会衰老。”元告杜说完，就回天上去了。

从这一天起，波丽萍和岳利华这两位始祖变得更加美丽、矫健，两人形影不离，相亲相爱地过日子。不知过了多少年，也计不清长了多少岁，只见他俩的儿孙一代一代繁衍下来，人愈来愈多，渐渐地把大地住满了。后来，大地容纳不了这么多的人，波丽萍和岳利华又叫一些儿孙搬到蓝天上去住。

人们搬到天上，四面八方散开，各自去找自己喜欢的住处。这样，天空又渐渐布满了人群。天长日久，天上的人变成了一颗颗闪闪发光的星星，从东边天到西边天，从南边天到北边天，到处都有他们的踪影。

波丽萍和岳利华后来也随着众多的儿孙搬上了蓝天。他俩是人类的始祖，他俩的威望比任何人都高；他俩也是星星的始祖，他俩的光芒比所有的星星都亮。女始祖波丽萍变成太阳照白天，男始祖岳利华变成月亮照夜晚，照得白天亮堂堂，照得夜晚也能见路走。他们的光芒，把天上地下照得一片光明；他们的光焰，千年万古不熄灭。

阅读加油站

①本文选自《中国民间故事集成·云南卷》，中国 ISBN 中心，2003 年，第 280 页。

天、地、人的起源[1]

一

天是怎么来的？地是怎么来的？这个事情，哪个都说不清楚，只有又白又胖的木日扎该（来母虫）和红头黑身的木日兹哥（蜈蚣虫）看见了。

很早很早以前，世界上没有天，也没有地，到处是一片混浊。木日扎该在混浊状态中拱动，寻找光明的地方。突然，不知从哪里传来了一阵闹声，仔细一听，有两个声音在争吵着。

一个说："杀拉甲伍，你先绷。把地绷好以后，我再绷天。"另一个说："罗拉甲伍，你先绷。天绷好了，再来绷地。"

木日扎该急忙向发出声音的地方钻过去，正看见罗拉甲伍在绷天。天绷好了，是圆拱形的，在上方。后来，杀拉甲伍绷地，地是圆球形的，在底下。天和地都绷好了，现在要把天和地扣合起来。可是一比，天绷小了，地绷大了，怎么也盖不严。罗拉甲伍抱怨杀拉甲伍说："你看，叫你先绷你不听，这下子怎么办？"他没有办法，只好使劲挤地，把地挤小点，这样，天和地终于扣严了。在挤的时候，地面上有的地方鼓了出来，有的地方陷了下去。鼓出来的地方就形成了山坡、高地，凹下去的地方就形成了沟壑、海子。

木日扎该看见了这一切。在木日扎该后面钻出来的是木日兹哥，木日兹哥也看见了这一切。后来，木日扎该和木日兹哥就把罗拉甲伍怎样绷天、杀拉甲伍怎样绷地传了出来，人们才知道天和地的来历。于是，大家都公认罗拉甲伍就是天老爷，杀拉甲伍就是地老爷。

二

天有了，地也有了，动物、植物都有了，就是没得人住在中间。天老爷先派来了“一寸人”。一寸人长得太小了，老鹰要叼他，乌鸦要啄他，土耗子要咬他，连小蚂蚁也要欺侮他。一寸人实在太软弱，庄稼也种不出来，后来慢慢就死绝了。

天老爷又派来了“立目人”。立目人太懒怠，不会种庄稼，又不学，天天坐起吃喝。身边能吃的东西都吃光了，立目人也渐渐饿死了。

天老爷又派下来“八尺人”。八尺人身高力大，食量也大得吓人。种的庄稼，三年的收成还不够他一年吃。开始他还能捕野兽、禽鸟和采野果、野菜添着吃，后来这些都吃光了，八尺人没有充足的食物，知道自己只有死了，于是不断地哭，也逐渐灭亡了。

天老爷没有办法，最后才派来了我们现在的“人”。

三

人刚到地上的时候，种庄稼不是人使牛，而是牛使人。

但是老牛哪有人精灵？它生性又笨、又懒、又脏，到处乱屙屎屙尿。有一次，牛正在使人犁地，它边走边屙起屎尿来了，溅了人一身。人气不过，踢了他一脚，把牛的上牙全踢掉了，所以现在牛就没有上牙。牛还一跤跌在地下，把人身上拉着犁的绳索也绊落了。天老爷罗拉甲伍看见老牛这么脏、这么笨，就叫人把老牛绊落的绳索反转来套在牛身上。从此以后，也就成了现在这样，由人使着牛犁地了。

牛力气是有的，就是懒得很，经常打瞌睡。人使牛的时候，就跟在后面唱一唱；如果牛还不出力，人就用鞭子抽它。人还在牛屁股上栽了一根刷把式的尾巴，专门给人赶蚊子用。

四

自从牛耕田以后，庄稼越种越好。种出来的庄稼，粮食是人吃，老牛只吃点壳壳和秆秆。这样，粮食吃不完了，人就有点大手大脚地浪费，荞子粑粑拿来擦屁股，白面饼饼也拿来当纸揩屁股。

天老爷罗拉甲伍知道以后很生气，他说："粮食是拿下来吃的，既然你们吃不完，我就收回去了。"于是他就下来收庄稼。

以前，五谷都是长得繁盛茂密、枝多叶大的。罗拉甲伍跑来抓住往上一抹，想全部收走。这时候，狗跑来衔住罗拉甲伍的裤脚，一边哀叫，一边流泪。罗拉甲伍看见后，起了怜悯心，就把每一样庄稼抹来剩下顶上一把。因此，五谷都只是顶上长着一个"吊吊"，只有荞子还是枝多叶茂的。因为罗拉甲伍抹荞子的时候，刚一抓，就被有棱角的荞子秆秆划破了手，鲜血不住流，连荞子秆秆也染成了红色。罗拉甲伍没办法，只好放过了荞子。

因为粮食是狗哭才被留下来的，所以后来狗就和人分粮食。现在五谷种子上面都有一条线线分成两半，就是当年划分的界线。

阅读加油站

①本文选自《中国神话》，商务印书馆，2008年，第36页。

天是怎样升高的[1]

从前，天很低，竹子因为被天挡住，没法往上长，顶端只好往下弯，习惯了，直到现在还直不起来。由于天太低，人们随便搭两三把楼梯就可以到天上去玩。有个叫达伙的青年，几乎每天都到天上去一趟。

一天，达伙又搭着梯子到天上去。玉皇大帝见了，问道："达伙，你们凡间人没有事干吗，怎么天天到天上来玩？""是啊，我们整天闲着没事做，所以都想上天来玩。"达伙回答说。"那么，你们吃什么呢？"玉皇大帝又问。"我们吃树叶和竹笋。"达伙说。

玉皇大帝听后，想了想说："这样吧，我给一包东西你带回去，分给大家拿到地里去种。记住，要回到地上才能打开。"达伙点了点头，急忙返回人间。

达伙从楼梯上下来，刚到一半，心想：玉皇大帝给我这一包不知是什么东西，轻飘飘的。于是便偷偷地打开来看。谁知刚刚一打开，便刮起一阵东南风，把这包东西卷走飞散了，撒满了地上。

过几天，大地上长出了稻谷、玉米，也长出很多青草来。

达伙慌了，不知如何是好，便又架着楼梯到天上去问玉皇大帝。他把自己如何不听话，回到半路偷偷打开来看，被风把那包东西刮走飞散的事，一五一十告诉了玉皇大帝。

玉皇大帝听了，笑着说："不要紧，吹散了就算了。现在地上长的是玉米、稻谷和青草，以后你们看到那结黄色颗粒的是稻谷，那结出像神马牙齿一样的是玉米。这些东西可以吃，比你们吃树叶子好万倍。那些青草可以喂牛马。往后，你们有空就到地里去除草，到山上去割草，又保护庄稼，又可以养牛养马，不要整天到天上来游玩了。"

达伙听了，高兴得连忙叩头道谢。回到家里，便把玉皇大帝的话告诉人们。谷子黄了，男女老少就去收回来，但不知这东西怎么吃。

达伙又上天去问玉皇大帝。玉皇大帝说："要把外面那层谷壳去掉，煮熟了，才能吃。"说完就叫磨坊仙子带达伙到磨坊去看神磨磨谷。磨坊仙子叫达伙把箩筐里的谷子撮到磨盘上，对神磨轻轻吹了一口仙气，神磨就飞快地转动起来，眨眼间，就磨出了很多白米。

达伙要向磨坊仙子把神磨借回去用用，磨坊仙子说："这是神磨，不能借，借给你也不会用。你们凡间有的是竹子和泥巴，你们可以用竹片和泥巴冲成磨笼，两个人推磨，照样可以磨出米来。玉皇大帝说，往后你们可以每天吃三餐饭。"

达伙从天上下来，叫人们去砍竹子，破成竹片，又挑回泥巴，按照磨坊仙子教的方法，做成了磨笼。磨笼做成了，人们纷纷挑谷子来磨。达伙便叫两个后生推磨，不一会儿，就磨出了雪白雪白的大米。人们高高兴兴地把大米煮成白米饭，又甜又香。大家边吃边问："达伙呀，这白米饭太好吃了，往后我们多久吃一餐呀？"达伙说："磨坊仙子讲了，玉皇大帝叫我们一天吃三餐。"从那以后，人们就会做磨笼磨谷了，一天吃三餐饭。

谁知磨坊仙子把话传错了，原来玉皇大帝规定：凡间人和天上神仙一样，三天吃一餐。这磨坊仙子把三天吃一餐说成了一天吃三餐。人们吃的餐数多了，屙的也多了，大地上到处是屎尿，臭气熏天。

一天，玉皇大帝正召集众仙在宫里议事，忽然一股臭气扑来，臭不可闻。玉皇大帝忙掩着鼻子问："哪来这股臭气，令人作呕！"众仙子说："一定是凡人在搞什么鬼。"玉皇大帝听了，忙派人把达伙叫上来问。

达伙到了天上，玉皇大帝一问，才知道是磨坊仙子把话讲错了，不禁勃然大怒，把磨坊仙子按倒在地，重重打了七十二大板，并罚她到人间来做一个拱屎虫，把人们屙在地上的屎吃掉，吃不完的，还要挖洞埋到土里去。随后，又封达伙到天上做磨坊仙子，并把天升高起来，以防地上的臭气熏天。从此以后，人们就再也不能到天上去玩了。

阅读加油站

①本文选自《仫佬族民间故事选》，上海文艺出版社，1988年，第5页。

射太阳[①]

黑龙江边，常常能从很深的地底下，挖出一片片通红的石头和沙土。老人们说，这是早先天上日头多的时候烤红的。说起这件事，还流传着一个莫日根射太阳的故事呢。

早先，天上有三个日头，它们挂在天当腰，毒辣辣的，像火盆一样，把老百姓真坑苦了，晒得透不过气来，热得吃不下饭，睡不好觉。地里的禾苗刚冒芽，就被晒死了；江河里的水，全被晒干了；山上的树，晒得枯焦焦的，都死了；所有飞禽走兽，也都聚在海边，藏在洞里，白天不敢出来。

在黑龙江下游一个村子里，住着一家老两口。他们养了一个儿子，这个儿子长到十六岁，膀大腰粗，臂力过人。他一使劲，能推倒一座大山；他一喝水，能喝干一条大河；他一蹬脚，就蹬出一个深潭。村子里的人都叫他莫日根。

父亲看到自己的儿子长大了，对他说："儿呀！如今天下老百姓都在受苦受难。我看你的力气挺大，要好好练功，将来为老百姓做件好事，把天上的日头射掉两个，留一个照亮就行了！"

莫日根说："爸爸，那我明天就去射日头！"

父亲说："你的射箭功夫还不过硬，我看还得练上一阵子！"

莫日根遵照父亲的话，天天练习弓箭。一晃过去了一年，莫日根拉断了九十九支弓，射了九万九千支箭，练出了射箭的硬功夫。弓弦一拉，大风呼呼，箭头碰处，无坚不摧。

莫日根跟父亲说："爸爸，让我去射日头吧！"父亲点头同意了。出发那天，村里的乡亲父老，一直把莫日根送出村子十多里地。

莫日根大步朝东方走去。他爬过了九十九座高山，迈过了九十九条河，穿过了九十九个峡谷，来到了东海边。他登上了一座大山，山脚下就是茫茫的大海。

莫日根在山顶上等着。当三个日头刚刚在海边露头的时候，莫日根左右开弓，射出了两支神箭，顿时射落了两个日

头。第三个日头吓得躲在云里，不敢露面了。

莫日根笑着说：“你不用害怕，我不射你。不过你得答应为老百姓做好事，白天出来照亮，晚上回去休息。”

第三个日头连连点头说：“好，好！我一定照办，决不偷懒！你啥时候叫我出来，我就啥时候出来！”

莫日根说：“这样吧，以后每天早晨公鸡一叫，你就起来。”

“莫日根，我一定照办！”

从此以后，人们过上了安定的日子。种子种到地里，生长了，又开花又结果；江河里积起了水，滚滚不停地流淌着；山上的树木、地上的草都绿了，大地变了颜色；各种飞禽在天上飞，各种走兽在地上跑，人间是一片生气。

现在，每当天气不好、要闹天气的时候，人们站在高处，还能够看到三个日头。一个挂在天上，另外两个在东西两边，紧贴着地，真像天上那个日头的耳朵。老年人指着那两个日头会说：“这就是当年莫日根用箭射落的两个日头。它们还想重新飞到天上去，可是翅膀叫莫日根射断了，想飞也飞不起来。这会儿，你看！它们变成了日耳了，还在那里发脾气呢！”

阅读加油站

①本文选自《赫哲族民间故事选》，上海文艺出版社，1986年，第21～23页。

谁做天下万物之王[1]

传说大地开始出现于天下的时候并没有一定的形状，宽阔的地面今天是高山，明天是平原，后天是大海。地形的千变万化每天都严重地威胁着万物的生存和发展。而当时的人、动物和植物，一切的一切都有着思考的脑袋，说话的舌头。它们的长相虽说是千差万别，可是都有共同的感受和愿望，大家都为地形的千变万化而忧心忡忡，胆战心惊；谁都希望它们中间尽快出现一个能固定地形、治理天下的神物来。

这时候，老蛤蟆站出来，说自己是天使，可以使大地的形状固定下来。在大家的巴望[2]中，它爬到一块石头上，面对着变化无形的大地大声喊道："大地啊大地，愿你的形状固定下来，像我的脊背一样，平滑无边。"话音一落，大地果然变得平平整整的了。万物为此齐声欢呼："老蛤蟆万寿无疆！"大家一致推举它为天下之王。

没想到，过了不久，大水竟猛然上涨，淹没了整个大地，万物纷纷爬到木船、枯枝、叶片上去，漂泊在茫茫的大海中。面对新的灾难，大家发出一个共同的呼救声："尊敬的老蛤蟆大王，请你改改口，重新固定大地的形状吧！”固执的老蛤蟆却说：“我大王没有改口的习惯，改了口就不算大王。”火炭一听就火了，一下子蹦到老蛤蟆的脊背上，烙烂了它的皮肤，使它成了癞蛤蟆。

老蛤蟆受了惩罚，但大家的命运仍处在危急之中，还是一筹莫展。这时候，聪明的马鬃蛇钻了出来，它爬到一棵树梢上，面对着浩瀚的大海喊道：“大海啊大海，请你让一让，愿大地和我的脊背一样凸凹不平，高低分明。”话音一落，大海后退，大地随着改变了模样，有高山，有平原，有河沟湖泊，也有大海。万物齐声欢呼：“马鬃蛇万寿无疆！”大家一致推举它为天下之王。地形便从此固定下来了，天下的万物在安乐无忧中繁衍生息。马鬃蛇大王做了这么大的好事，仍认为自己不能和天神相比，一年一度都要大家杀牲祭祀天神。可每次祭祀时，大家都要留下一只腿，送给尊敬的马鬃蛇大王。

过了许多年后，马鬃蛇大王死了。万物为之悲泣，发出一片嘈杂的哭喊声。这时候，驴子高声喊道：“大家静下，一个一个来。”万物静下后，干茅草伸出头来，说：“我来哭，准能表达大家的共同心意。”干茅草哭了大半天，“烧烧烧”、“沙沙沙”，越哭越难听，大家劝它停，它竟装聋作哑，老是“烧烧烧”、“沙沙沙”地哭着。于是火苗生气了，就跳到它的身上，烧得它噼里啪啦叫。干茅草一停，老青蛙又跳出来：“我来哭，准能表达大家的共同心意。”说着就“哇，哇”地哭起来，越哭越难听。大家劝它停，它反而加大了嗓门哇哇叫。于是泥巴生气了，就把它捏在自己的手心里。青蛙一停，蜥蜴站出来说："我来试试看。"说着便"析易——析易——"地哭起来，表达出忧伤的感情，发出悦耳的声音，万物一片静悄悄。听得入神时，穿山甲突然"嗤"地笑起来，这可把老熊惹怒了，举起熊掌啪啪地给了它几个耳光，打得穿山甲全部掉了牙。蜥蜴哭罢，大家给它穿上了漂亮的绿衣裳。

随后，大家为马鬃蛇大王杀了一头猪，以祭祀它高贵的灵魂。不料竟惹怒了天神，天上几声"轰隆"响过，只见整个天板已慢慢地朝下降。万物又是一片乱哄哄。在万分焦急之际，小蜜蜂从花蓬里飞出来："快找一个能顶天的神物来，把猪腿送给它，让它做天下的大王。"白花说："我看只有月亮才能顶。它舍去自己的睡眠，黑夜里给万物照明，它高尚，也一定能干，找它去吧。"大家都说对。马蜂从葫芦窝里飞出来："让我去吧，我知道月亮居住的地方。"大家一致赞成，马上拿出猪腿来，紧紧地拴在马蜂的腰杆上。可马蜂飞出不远又嗡喔嗡喔地返回来了，大家一看不好，它竟被勒得差点断了腰。这时候，大雕从树林里飞出来："我去吧！一只猪腿我叼得动。"大家又一致赞成，大雕便轻轻地叼起猪腿飞走

了。大雕在路上遇到一只老猫，老猫看见它叼的猪腿，便说："这猪腿给我吃算了。"大雕说："呸！你算什么东西，我要送给伟大的月亮。"说着又往上飞去了。

大雕飞到月亮那里，把万物请它做王的事告诉了它，同时拿猪腿送给它。可月亮说："我不如太阳，我发出的光是太阳给的，你找太阳去吧。"大雕飞到太阳那里，把原话说了一通，太阳说："我不如云雾，它不让路我就不能照到地上……"大雕飞到云雾那里，把来意照着说了一通，云雾说："我不如大风，我的来去都由它摆布……"大雕飞到大风那里，大风说："我不如蚂蚁堆，别看它小，我可吹不倒……"大雕飞到蚂蚁堆那里，蚂蚁堆说："我不如公牛，只要它一拱我，我就受不了啦……"大雕飞到公牛那里，公牛说："我不如绳子，只要它一推我的头，我就得乖乖服从……"大雕飞到绳子那里，绳子说："我不如老鼠，一旦它咬断了我，那我什么也做不成了……"大雕飞到老鼠那里，老鼠说："我不如老猫，只要它一抓到我，我就休想活命了……"最后，大雕只好又飞回到老猫那里，老猫说："我早就说了嘛，猪腿该我吃。"于是大雕把猪腿递给它，它接过去闻了闻就骂起来："呸！猪腿都臭了！"骂着就将猪腿狠狠地砸在大雕的屁股上，弄得大雕臭烘烘的，从此大雕便成了臭雕。

臭雕觉得自己辜负了万物的委托，羞愧万分，便躲进草蓬里很少出来了。

可是，天板的下降并没有停止，吼声越来越大，速度越

来越快，先是压弯了耸立的竹尖，压塌了象耳，接着又碰断了坚硬的马角，然后急速向下，向一个正在舂米的妇女头上压来。那妇女握紧舂棒，不慌不忙地用力向上一顶，只听得“轰隆”一声，天板被弹了回去，弹得老高老高的，而且再也不会塌下来了。天下万物齐声欢呼：“人类妈妈万寿无疆！”大家向那个妇女拥去，一致推举她为治理天下的大王，并把它们各自最美的语言送给她。

从此，人类便成了万物之王、大地的主宰，而且有着万物所不能比拟的智慧和最美好的语言。

阅读加油站

①本文选自《佤族民间故事选》，上海文艺出版社，1989年，第23页。

②巴望：方言，盼望。

九隆神[1]

相传白族的始祖是一个妇人。远古时候，在哀牢山下，有一个哀牢国[2]。名虽称为国，可那时天地初分，人迹罕见，那里只住着一个女子，名字叫沙壹。她有时到河边捕鱼，有时上山采集野果。据说她会鸟语，识龙音。那时没有船只，她下河是把一节大木头用藤条拴在树干上，放进水里，骑在木头上捞鱼。有一天藤条断了，木头漂走了，她掉进水里，正想拼命游出，忽然见下游有一段黄木头逆水漂来，她立即抓住木头骑上去。那木头在她胯下一起一伏地浮动着，她不用手划，木头就把她驮到岸边。

从此以后，她每次骑着黄木头捕鱼，回回都捞到很多的鱼。她非常高兴，把黄木头用藤条拴在岸边，当作她的打鱼船。那段黄木头也成了她唯一的伙伴，白天一起打鱼，晚上有时还恍惚觉得有男人与她同穴共枕。过了一个月，她隐隐地感到怀了身孕。又过了八九个月，腹中一阵疼痛，竟一个接一个地生下了十个皮口袋[3]。她看着十个皮口袋，吓得晕倒了。当她醒来时，见那些皮口袋还在，不知道自己应该咋个整[④]。好在她识得鸟音兽语，就使劲朝外呼喊。喊了一阵，来了一条母狗，进来替她把一个个皮口袋舐开。真奇怪，母狗舐开一个皮口袋，里面就钻出一个活蹦乱跳的小婴孩。十个小婴孩出来后，都争着向她的怀里摸。她一个个地抱起婴孩，挨个给他们喂奶。

这时，一条黄龙"唰唰"地爬了进来，对沙壹说："我的人儿呀！你生孩子受了惊了，我来帮帮你！"沙壹说："你那样子真怕人，你能变人吗？"黄龙说："不瞒你说，我是澜沧江的黄龙。这十个孩子，就是我俩的儿子。你生下他们，难为你啦，让我把他们带去抚养吧！"九个儿子听龙说话，全吓得跑出去了，只有最小的那个正在沙壹怀里吃着奶，没有跑。黄龙说："你放他下来让他坐着，让我舔舔他。"黄龙一面用舌头舔着小儿子，一面同沙壹说话。沙壹说："给小儿子取个名字吧。"黄龙说："小子背我而坐，就叫他'九隆'吧。"沙壹很高兴地说："'九'是背的意思，'隆'是陪坐的意思。这名字很好，就叫他九隆吧。"黄龙又说："他们是龙子，要在他们身上刻上龙纹作为记号。"沙壹说："身子是肉长的，要刻花纹，孩子受得了吗？"黄龙说："只要用骨针在背上腿上轻轻地刺，抹上黑泥，再把泥洗去，就成龙纹了，也不会伤着孩子们，你放心，让我去弄好了。"这样，黄龙给十个儿子的身上都刻了龙纹[⑤]，再给他们穿上树皮做的衣服，后襟很长像一条龙尾。

过了十四年，十个儿子都长大成人了。事有凑巧，这时哀牢山下有一对名叫奴波息的夫妻生了十个女儿。于是，沙壹的十个儿子便娶了奴波息的十个女儿做妻子。十兄弟成亲后，衰牢山的人便多起来了，需要有个头来管理事情。九隆虽然年纪小，但他聪明能干，就被众兄长和人们推举为王。

一天，哀牢山上来了一位白发老翁，对沙壹说："你的小儿子九隆，有做国王的福分，可惜金齿这地方有王无位，洱海地方是龙盘虎踞的立国之地，可惜那里又有位天王，你们就迁移到苍山洱海之间去吧!"沙壹去找黄龙商量，黄龙也很赞成。于是沙壹就带着九隆兄弟和他们的妻子到了苍山洱海之间定居下来。果然这里的昆明部族和其他一些氏族正在挑选国王，他们就拥戴九隆为国王。九隆当了国王，又分置了许多部落酋长。以后，九隆等十对兄弟姊妹配成的夫妻生儿育女，繁衍成了"洱河恋"的董、杨、赵、李、段、何、施、洪、严、尹十大姓。从此，白族都称自己是九隆的后裔。

阅读加油站

①本文选自《中国民间故事集成·云南卷》，中国 ISBN 中心，2003 年，第 235 页。

②哀牢国：在今云南保山地区。

③十个皮袋：在白族关于人类起源的神话中，有产下皮口袋之说。

④咋个整：方言，怎么办。

⑤龙纹：古代，白族有用针刺为龙形或其他纹饰的习俗，现已不盛行。

敬献祖先的来历[1]

我们基诺唱调子时要先唱“阿妣欧”[2]，讲故事时要先念“阿妣欧”，吃饭前要先敬阿妣欧，阿妣欧无时不跟我们在一起。阿妣欧是我们最早最早的祖先。要说我们敬献阿妣欧的来历，还得从洪水滔天的时候讲起。

自从阿嫫腰白开天辟地以后，世上的万物都慢慢地创造出来啦。那时候，人们和世上的万物和睦相处，过着和平幸福的生活。可是有一年突然发了大水，庄稼被淹了，寨子被淹了，人畜被淹了。玛黑和玛妞是一对双胞胎兄妹，他们的父母看到洪水越来越大，人类有灭绝的危险，就砍倒一棵大树，掏空树心，两头蒙上牛皮，做成一只大木鼓，里面放上粮食和种子，拴上一串铜响铃，并递给他们一把小刀和一块蜂蜡，说：“你们钻进木鼓里逃生去吧！记住，水不干不能出来。你们要看水势，就用小刀剜个洞往外看，然后赶紧用蜂蜡把洞口堵好。等听到铜铃响，就是木鼓落地了，水干了，那时你们就可以割开鼓皮出来了。”

玛黑和玛妞听父母的话，钻进了木鼓里。他们随着木鼓漂呀漂，也不知漂过了多少时辰，玛黑等不得了，就用小刀剜开一个小洞朝外看，啊！到处是浊浪滚滚，水面上漂着人畜鸟兽的尸体，多么可怕呀！玛黑赶紧用蜂蜡把小洞补起来。他们又随着木鼓漂呀漂，不知漂了多少时辰，突然听到了铜铃叮铃当啷的响声，玛黑和玛妞知道这是木鼓落到地面上了，是洪水退下去了。兄妹俩多么高兴啊！他们赶紧用小刀划开牛皮鼓面，双双走了出来。

玛黑和玛妞来到地上，眼前一片荒凉，荒凉的山，荒凉的地，荒凉的淤泥，他们见不到自己的父母，见不到一个人，见不到一个动物，见不到一片绿叶，他们伤心地哭了。世上只剩下他们兄妹两个人了，兄妹俩相依为命，在地上搭起窝棚，重新开荒种粮食，过着艰苦的日子。

不知过了多少年，玛黑的头发白了，玛妞的头发也白了。这时他们才发觉自己已经老了。他们才想起，如果他们死了，世上就没有人种了，这可怎么办呢？玛黑忧愁，玛妞也忧愁。以前年轻的时候，他们因为是兄妹，都没有想到要结婚的事。现在为了传人种，世上又没有别的人，玛黑对玛妞说："我们结婚吧！"

玛妞听了害羞地说："咋行呀？我们是兄妹，兄妹哪能做夫妻呀！"玛黑说："不结婚，人种就要断绝了。"玛妞想了想，说："那也得去问问三岔路口的神树，神树公公要是不同意，还是不能结。"玛黑说："好，那你就去问吧！"

玛黑说完话，就抄小路先赶到了三岔路口，躲在神树背后等着。玛妞走到神树跟前，恭恭敬敬地问："神树公公，世上只剩下哥哥和我兄妹俩了，为了不使人种断绝，我们兄妹可以做夫妻吗？"玛黑在树背后装着神树公公的声音，瓮声瓮气地说："世上只剩下你们兄妹两个了，不结婚不得了，不结婚人种要断绝。你们就结吧！"玛黑又抄小路赶回屋里，等到玛妞回来，故意问她："问到了神树公公没有？"玛妞说："问到了。"

"神树公公同意不同意我们结婚呀？"玛妞只好把神树公公同意的话照实说了。于是兄妹两人结了婚，做了夫妻。

可是他们都已经是老人了，已经不会生儿育女了，多少年过去，他们仍然过着寂寞凄凉的日子。倒是他们从木鼓里捡来的那颗唯一的葫芦籽，自栽下以后长得很茂盛，那藤子爬过了七座山，那绿叶遮住了七条箐，藤上结满了大大小小的葫芦。说来也怪，这些葫芦长着长着都枯死了，烂掉了，只有一个长大成熟，圆鼓鼓的肚子，黄爽爽的硬壳。夫妻俩把这个葫芦摘回来，挂在屋檐上，说是要留着做种子。

有一天，当他俩从地里做活回来的时候，隐隐约约地听到好像有人说话的声音。世上就只有他们两个人，怎么还会有人说话呢？开始他们不相信，以为是自己的耳朵听错了。可是一连好几天，他俩从屋檐下走过的时候总是听到有隐隐约约的说话声音。他们就在屋前屋后寻找，要弄清声音究竟是从哪里传出来的。找呀找，终于听清了这声音是从屋檐上的大葫芦里传出来的。

玛黑和玛妞把葫芦取下来，烧红了火棍想在葫芦上烙个洞，看看里面究竟装着什么东西。可是当他们把火棍朝着葫芦的上方烙去的时候，就有个声音说：“不要烙我！”他们换个位子，朝葫芦的下边烙去的时候，又传出声音说：“不要烙我！”他们不论朝葫芦的上边、下边、左边、右边烙，都传出同样的声音：“不要烙我！”

这可把玛黑和玛妞难住啦。他们始终不忍心把火棍往葫芦身上烙，就只好看着葫芦发愁。正在这时，忽然听到一个苍老和蔼的声音：“你们就烙我吧，不然我们一个都出不来啦！”这分明是一个老太婆的声音。玛黑问：“你是谁呀？我往哪里烙你呀？”那声音说：“我叫欧欧，你就往我的肚脐上烙吧！”玛妞扳倒葫芦一看，果然葫芦底上有个黑黝黝的大肚脐。

这时，葫芦里的声音说：“阿妣欧，我们出去以后，永远不会忘记你！”玛黑就照阿妣欧说的，横下心来在葫芦的肚脐上烙了个洞。只见葫芦刚一烙通，就从洞口连续跳出几个人来。最先出来的叫“阿颇”，因为他最先出来，被洞口的炭黑擦着，所以皮肤是黑的，他就是现在小勐养地方的控格人[③]。第二个出来的是汉人，他一出来就到处走，所以汉族占的地盘最多。第三个出来的是傣族，他一出来就跑到芭蕉林里面去了，因为很少晒太阳，所以傣族的肤色是白的。最后出来的是我们基诺，“基”是挤的意思，“诺”是后的意思，就是最后从洞里挤出来的人。

人出来完以后，葫芦就不在了。基诺人出来时，地方都被先出来的弟兄占了，没有去处，就只好在玛黑和玛妞居住的地方，也就是原来葫芦生长的地方劳动、生活。这地方叫比恩木西，就是现在的基诺山区。

我们基诺人是在比恩木西生长繁衍起来的民族，是阿姒欧的子孙。我们的先辈没有忘记阿姒欧的恩德，是她牺牲了自己，才有了我们基诺。我们的先辈没有忘记对阿姒欧的诺言，每当我们秋收吃新米的时候、过年过节的时候、杀猪鸡牛羊的时候、到地里做活吃晌午饭的时候、到山里打猎野餐的时候、在家里围着桌子吃饭的时候，我们的父老一辈，都

要先抓一撮饭放在一边，再拈一点菜放在饭上，嘴里哼着：“阿妣欧——请你来！请你来！”

请了阿妣欧，再请其他亡故的祖宗，意思是请他们先吃，然后活着的子孙再吃。

这个风俗一直流传到现代。近些年来，虽然给阿妣欧敬饭的情况逐渐少了，但当我们一天劳动回来围着火塘讲古谈今的时候，当我们高兴起来开喉唱歌的时候，我们都没有忘记要请我们最敬重的祖先阿妣欧来与我们共享欢乐，都要虔诚地、庄重地首先拖着声音哼起：“欧……”以此作为一个故事或一个调子的开头。

阅读加油站

①本文选自《中国民间故事集成·云南卷》，中国 ISBN 中心，2003 年，第 189 页。

②阿妣欧：基诺语，意为欧奶奶。阿妣，即奶奶；欧，名字。

③控格人：是居住在基诺区西邻勐养区的彝族支系，自称“控格”。

鄂伦春人来源的传说[1]

古时候，兴安岭上长着一眼望不到边的大森林，高大的树木遮天盖地，真是好一片林海呀！美中不足的是没有人。天上的恩都日[2]想，别处都有人，唯独兴安岭没有人，这哪成呀！于是，就捡来飞禽的骨和肉，做起十男十女来。等男人做完了，正做女人的时候，禽骨禽肉不够用了，于是，又找来泥土做补充。泥土补做的女人，浑身一点劲儿也没有，恩都日就用神术给了一点儿力气，结果变得力大无比，连男人都不是对手。恩都日一看，这还得了！于是又用法术从女人身上抽回了一点儿力气。

当初的十男十女不知穿衣，全身毛茸茸；两条腿因为没有膝盖，跑得贼快。他们和恩都日做成的十只鹿、二十只犴、五十只狍子混在一块，日夜奔跑在遍地长满苔藓、针叶树和灌木林的森林里。那时候虽然没有弓箭，但是十男十女因为有奔跑如飞的双腿，捉野兽不费吹灰之力，几天就把恩都日做的野兽全给生吞活剥地吃光了。这下子可把恩都日给气坏了，他那发脾气的声音好似打雷一般，震天撼地，吓得十男十女拔腿就跑。可他们能逃出恩都日的掌心吗？恩都日迈出几步就把他们追回来了。据说这十男十女就是最初的鄂伦春人。

恩都日为了让他们与野兽有所区别，追回来后，用开水把他们身上的毛全给拔掉了，只侥幸留下了腋窝和嘴边的毛。恩都日看他们没有头发不受看，又用仙术让他们长出了头发，还教会他们用兽皮做简单的衣服穿。当时他们居住在洞穴中，不知用火，饿了，就生吃蘑菇；渴了，就吮吸桦树皮流出的甜汁。恩都日为了治服他们飞跑的双腿，又赏给他们食盐吃。还真灵验，慢慢生长出膝盖骨了，跑也就跑得不那么快了。这时恩都日才放心了，又给送来了一些野兽。跑得不快了，追不上野兽了，他们就用石头和木棍砍杀野兽，也慢慢地学会了使用一种剥刮兽皮的石刀了……

又不知过了多少万年。有一年，火山突然爆发了，烈焰升腾，黑烟冲天，那火之大，怎么也扑不灭，就连法力无边的恩都日也对它毫无办法。火越烧越大，把周围所有的树木都给烧焦了，连野兽都来不及逃脱全被烧死了。十男十女的子孙后代发现火这玩意挺暖和，烧死的野兽肉变成粉白色，吃起来也比生肉香。从此他们才知道用火可以烧肉吃，可以取暖。后来，他们又创造了许多用火的办法。比如，用火烧热石块，扔进盛着水和肉的桦皮桶里，将水烫热，反复几次，水就慢慢地滚开了，肉也随着煮熟了。又比如，把水和肉盛进野兽骨里，架在火上烤，烤得骨里的水滚开了，肉也就熟

了。后来，他们又学会了保存火种：取下桦树上长得很像蘑菇似的“包霍光特”晒干，然后燃着它的瓤，就能够经久不灭。

火这个东西，又能熟食，又能取暖，又能照明，简直成了祖先的无价之宝。他们对火产生了无比亲切的感情。一天，森林深处有缕缕青烟上升，原来是一位生得很美、性格很活泼的女人和她的孩子，围在烟雾缭绕的篝火边烤火。母亲问她那天真烂漫的孩子：“是妈亲热，还是火亲热?”那孩子毫不犹豫，毫无掩饰地回答说：“还是火亲热呗！我一天见不着火，比没肉吃还难受，比没水喝还难熬!”母亲听完，不但没生气，反而感到儿子说出了真话。你看，火在那时候的人们心里占着多么重要的位置!

阅读加油站

①本文选自《中国民间故事全集·黑龙江民间故事集》，远流出版事业股份有限公司，1989年，第103～106页。

②恩都日：指神仙。

姜良姜妹[1]

雷和姜良斗狠，被姜良放火烧得抵不住，跳上了天，随时都想来报仇。姜良也准备防倒[2]雷，他到河里捞了许多青苔，铺到屋上，又经常洒水在青苔上。

一天，突然乌天黑地，雷声隆隆，姜良知道雷要来找事[3]，就拿着大木叉等着。果然，雷一手拿铁锤，一手拿火铲，恶狠狠地来了。哪晓得落在姜良的屋顶青苔上，脚一滑就跌下地来。姜良用大木叉一发势将雷的脖子叉住，用绳索把他捆了，关在笼笼里，不给吃不给喝，饿得他有气无力地在笼子里哼。姜妹挑水回来，雷苦苦地哀求给水喝。姜妹看他遭孽[4]，就给他水喝。雷喝了水，就送给姜妹一颗葫芦种子，对她说："你赶忙把葫芦种下，一边种一边念：'寅时种，卯时生，辰时开花，巳时结瓜。'等洪水到来，你就有用了。"雷说完，大吼一声，把捆绑他的绳索挣断，把关他的笼子炸开，跑出来抢回他的铁锤火铲，风风火火地飞上天去了。

雷飞到天上，在天王老子面前告状，说地上的人如何如何可恶，求天王老子放下洪水，淹死姜良。天王老子听了，就给雷一瓜瓢水，说："倒一半，留一半，免得世人把后断。"雷吃了亏，哪里肯听天王老子的话，把满满的一瓢水哗啦啦全倒了下来。

姜妹得了雷送的葫芦种子，就连忙种下，一边种一边念："寅时种，卯时生，辰时开花，巳时结瓜。"这颗葫芦种子很快就发芽、牵藤、开花、结果，没好一下下[5]，葫芦瓜就长得像个大桶。

雷倒下了一满瓢水，地上顿时洪水滔天。眼看山山岭岭、飞禽走兽连同世人都被洪水淹没了，姜良、姜妹急得没办法，忽然看见葫芦瓜在水上漂动，一只啄木鸟正在使劲地啄那葫芦瓜，很快地啄了一个小洞就钻进里面去了。姜良赶忙把小洞口打大，和姜妹一起钻进葫芦里，随着洪水四处漂。漂呀漂呀，一直漂到了南天门，撞得南天门"砰！砰！"地响。

天王老子听到响声，一看洪水淹了大地，人畜鸟兽都淹死归一，就下令退水。泼了的水是收不回来的，他就放出十二个太阳，想把洪水晒干。

十二个太阳就像十二团火，白天黑夜不停地晒，把洪水晒干了，把石头也晒裂了。姜良、姜妹回到地上，实在热得遭不住，就找来桑木做弓，矢竹做箭，顺着天梯[6]爬到树尖上去射太阳。姜良连射了十箭，射落了十个太阳。姜妹见了，连忙喊："不要射了，不要射了！留下一个照哥哥犁田，照妹妹纺纱。"姜良才收了弓。哪晓得那个最小的太阳吓得躲在蕨芨叶下，后来就变成了月亮。

姜良射落了十个太阳，地上凉快了，也有了白天和黑夜。洪水滔天以后，地上没有房屋，没有人烟。姜良、姜妹重新起房架屋，开田开地，种瓜种豆，种棉种粮。日子一年一年地过去，姜良、姜妹已到了要找伴配对成双的年纪。他们到处找，姜良找纳缅[7]，姜妹找纳汉[8]，找呀找呀，找了三年六个月，走遍了东南西北，也没有找着。

实在无法，他俩去问竹子："竹子啊！请告诉我们，世上哪里还有人？我们要配对，我们要成双。"竹子说："洪水漫天下，世人都死光。你们要配对，你们要成双，只有兄妹来配上。"姜妹听了，羞得满脸通红，挥刀砍竹子，边砍边骂："竹子随口胡乱讲，哪有兄妹配成双，把你砍成一节节，看你还敢胡乱讲。"竹子讲了实话，反挨骂遭砍，委委屈屈地说："实话对你讲，反转把我伤，找不到别人，兄妹配成双，到了那时候，要把我接上。"后来姜良、姜妹找不到伴，兄妹结了婚，只好来把砍断的竹子接上。所以经过接合的竹子，就长成一节一节的了。

他俩又去问松树："松树啊，你站得高来看得远，请你告诉我们，世上哪里还有人？我们要配对，我们要成双。"松树开口说："洪水漫天下，世人都死光，你们要配对，你们要成双，只有兄妹来配上。"姜妹听了，指着松树骂："松树讲话不合情，哪有兄妹来成婚，胡言乱语该受罚，砍一根来绝一根！"姜良听了忙说："这样要不得。"姜妹又补了一句："这边飞种那边生。"所以后来的松树砍过了，树桩上不再生枝发芽，全靠树种飞扬，四处飘落繁衍。

他们又去问石头："石头公公你听清，世上哪里还有人？我们要配对，我们要成亲。"石头老人说："自从涨过漫天水，世上再无别的人，你们要想成婚配，只有兄妹来结亲。"姜妹听石头老人也是这样说，就不像原来那样生气了，只是心里还不情愿。

姜良、姜妹走遍天下，问了竹子、松树、石头，都说世上没有别人了，要配对成双，只有兄妹成亲。姜良为了繁衍子孙，就向姜妹提出成亲。姜妹也没有办法，就提出要姜良办到三件事情，才同意成亲：一要东西烧两堆火，火烟要汇合；二要岭南岭北两条河水要汇合；三要东山西山两扇磨，滚下坡脚相重合。

姜良听了很为难，愁眉苦脸地到处问。他去问棕树，棕树摇着大蒲扇，爱理不理地发冷笑。姜良见了很生气，撕烂它的大蒲扇，指着棕树骂："你为哪样嘲笑我，我要剥你的皮，抽你的筋！"所以到现在棕树的大蒲扇还是一条一条的，每年都要被人剥几次棕皮，剥下棕皮来抽棕丝。

姜良去问乌龟："乌龟婆婆千年寿，见多识广有智谋，请你告诉我，东西两地两堆火，火烟怎么能汇合？"乌龟对他说："等到东风起，先点东边后点西。"他就照乌龟说的做，等到东风吹来，他先点东边的火堆，火烟向西边吹去；再去点西边的火堆，火烟升起来，正好和东边的火烟汇合。第一件事办好了，他心里很高兴，便又去问乌龟："岭南岭北两条水，河水怎么能汇合？"乌龟对他说："西边高来东边低，岭南岭北两条水，开沟引水得相会。"他又问乌龟："东山西山两扇磨，滚下坡脚怎能合？"乌龟笑着对他说："姜良啊姜良，你怎么这样老实！你先合好一副磨子放在山脚，再上山去滚磨子，管它滚到哪里，你只管带她去看事先合上的那副磨子，不就行了吗！"

姜良得到乌龟的帮助，办好了三件事。姜妹认为姜良是老实人，想不出这些主意的，就追问姜良是哪个帮他出的主意。姜良起初不肯讲，经姜妹再三追问，才把乌龟帮忙的事说了出来。姜妹听了很不服，就说："别个帮忙算不得，这回我俩围着圆坡跑，我在前，你在后，跑上三转，你能面对面把我抱住，我就和你配对成亲。"姜良只好依从。他俩就开跑，跑呀跑的，姜妹越跑越快，姜良始终追不上。乌龟在路边看见了，急忙喊："反过头跑，反过头跑！"姜良就转过身来跑，刚跑不远就把姜妹面对面地抱住了。姜妹这时再也无话可说了。兄妹结亲是很羞人的，姜妹就用雨伞半开半合地遮住脸面才进屋里去[9]，姜良也把脸用烟灰抹黑[10]，才和姜妹成亲。

姜妹和姜良成亲后，慢慢地问姜良，知道又是乌龟出的主意，她趁姜良不在时，猛踩几脚，把乌龟踩碎了。姜良没有办法，只好用口水慢慢地把乌龟粘拢来。所以现在乌龟的壳壳上还留下好多裂纹。姜良非常感谢乌龟的帮助，就请乌龟蹲在自己的头上[11]，好随时给他出主意。

姜良、姜妹成亲三年后，生下一个肉团，无头无脑像个冬瓜。他俩心里发愁，又去问乌龟。乌龟说："你们用刀子把它砍开，骨肉分开去，心肝肚肠分开放。"姜良、姜妹就把肉团砍开，骨头丢在田坝上，肉丢在河边，肚肠丢在山坡上，心肝丢在岩洞边。第二天早上起来一看，到处冒青烟。田坝里有人烧火，河边上有人出现，岩洞边有人在走，山坡上也有人唱歌跳舞。丢在田坝里的骨头变成了汉人，个个生得聪明健壮；丢在河边的肉团变成了侗家，个个生得又白又

胖；丢在山坡上的肚肠变成了苗家，他们都会唱歌和跳舞；丢在岩洞边的心肝变成了瑶人，他们爱穿花衣裳。原本汉、侗、苗、瑶都是一家人，共一个老祖先。

阅读加油站

①本文选自《中国民间故事集成·贵州卷》，中国 ISBN 中心，2003 年，第 43 页。

②防倒：提防。

③找事：找荐子。

④遭孽：可怜。

⑤一下下：或作一哈哈，即一会儿。

⑥天梯：指马桑树。传说以前马桑树长得高齐天。

⑦纳缅：侗语，指姑娘。

⑧纳汉：侗语，指青年后生。

⑨现在有些侗族地区，新娘子进屋时要用雨伞遮脸，传说就是依照姜妹的做法。给姜妹塑像脸是红的，说是因为兄妹结婚时姜妹害羞而脸红红的。

⑩现在有些侗族地区，在接亲时，去接亲的人中，有一个青少年是代表新郎去行礼请客的，女方要把他用锅烟抹成黑脸。其来源还是由兄妹成亲而起。

⑪侗家的傩祭，是用姜良、姜妹的塑像做祭神，因为后来的人，都是姜良、姜妹的子孙。姜良塑像的头上，塑有一只乌龟，是乌龟帮助姜良、姜妹成亲，才繁衍了人类。

盘瓠王

古时候，有个皇帝，叫作评王。评王没有王子，只有三个公主，个个长得像花朵，十分美丽。皇宫里养有一只身披二十四道斑纹的龙犬，名叫盘瓠，像个雄赳赳的卫士，日夜巡逻，警卫着评王和宫殿。评王像疼爱儿女一样爱护它，不论升殿还是出游，都带它在身边。

有一年，番王兴师动兵，向评王的国土扑来。评王叫大臣张贴告示，许了这样的愿：谁若灭了番王，重重有赏——金银财宝任他要，三个公主任他选。

一天，龙犬口衔告示奔上殿来。评王看见，又惊又喜，问道："这张告示是招募能人来除掉番王的，你为什么衔来？"龙犬摇了三下尾巴。评王又问："朝中文官武将不敢应诏，难道你有本事消灭番王？"龙犬点了三下头。评王选择吉日举行国宴，召集王后、公主和大臣们为龙犬送行。

龙犬飞跑到海边，跳下海去，游了七天七夜登上番王国土，直奔番王宫殿。番王一见，原来是评王豢养的爱犬，心里有几分怀疑，问道："龙犬，今天为什么离开评王身边？"

龙犬摇了三下尾巴。番王又问：“树倒猢狲散，你早早离开评王，是不是你看出他的国家快完蛋?”龙犬点了三下头。番王见龙犬点头，心中大喜，便把龙犬收养，举行国宴欢迎它。

宴席上，龙犬和番王并排坐在一起。番王刚举杯要祝酒，龙犬突然站起，想一口咬番王的头颈。不料，番王转过身来，龙犬感到不妙，赶快与番王碰杯，叮的一声响。番王起立说：“为龙犬舍生忘死来我国干杯!”大臣们纷纷来和龙犬碰杯对饮。

当天夜里，龙犬躺在床上左思右想，究竟怎样除掉番王呢？这天它多喝了几杯，酒劲发作，渐渐有几分醉意，朦朦胧胧地即将进入梦乡。哎，不能睡！龙犬又睁开眼睛。它想到番王必定酩酊大醉，正是下手的好时机，赶紧跑到番王卧室。果然不错，番王鼾声如雷，睡意正酣。龙犬扑上去想咬他的胸脯，不料，一个披甲佩剑的卫士过来警告：“龙犬，不得打扰国王休息，有事明天再办吧!”龙犬舔一下番王的手背，表示亲热的样子，退出去了。

第二天清早，番王起身，洗漱后进厕所，龙犬跟随，番王说：“这里臭，你到外面等一会儿吧!”龙犬摇头摆尾，像个撒娇的小孩不愿离开爸爸那样，依偎在番王身边，番王抚摸它那光滑柔软的斑毛。龙犬趁着四下无人，猛然咬下番王的睾丸，番王未能叫出声来，就昏倒在地。龙犬赶紧将番王的头颈咬断，衔着血淋淋的头颅，冲出王宫渡海回国。

龙犬夺得番王头颅，为国立了大功，评王非常高兴，设宴庆贺，犒赏它大批金银珠宝。可是龙犬对这些金银珠宝看都不看一眼，连连摇尾巴。王后提醒评王："你曾经出告示许了愿：三个公主任他选。看来龙犬想当驸马啊。"评王后悔地说："公主怎能嫁给狗呢？"大公主凑过来说："是呀，人狗相配，荒唐透顶，我不愿意。"二公主也附和："我更不愿意，若是父王将女儿嫁给狗，世代受人耻笑。"三公主劝说评王："父王已经许过愿，翻悔前言，必将失信于天下，以后再遭国难，谁还肯出力。"评王反复思忖，同意招龙犬为驸马，当场叫三个公王依次走到龙犬面前，任他挑选。

大公主两眼朝天，走到龙犬面前，鼻子哼了一声。龙犬不理睬她。

二公主两眼朝地，走到龙犬面前吐口水。龙犬也不理睬她。

三公主两眼含情走到龙犬面前，龙犬又蹦又跳，围着她转几圈。评王只好为他们举办婚礼。

三公主和龙犬结婚后，两个姐姐暗笑。但是，三公主却满脸喜色，丝毫没有后悔的神态。评王和王后觉得奇怪，三公主告诉父母，龙犬白天是条狗，晚上却是个美男子，他身上的斑毛是件灿烂的龙袍。父母听后，压在心上的石头才算落了地。王后对三公主说："叫驸马白天也变成人，岂不更好？"三公主说："如果他白天变成人，身穿龙袍就要当王，岂不是和父王争王位了么？"评王说："如果他变得成人，封他到南京十宝殿做王。"

三公主将父王的意见告诉龙犬，龙犬说："你将我放在蒸笼里蒸七天七夜，便可脱掉全身的毛变成完人。”公主照办了。蒸到六天六夜，公主担心蒸死丈夫，揭开盖子看看，龙犬果然变成了人。只因蒸的时间不足，再蒸也无效了，只好把有毛的头部和脚胫，用布缠裹起来。相传至今，瑶族男女仍然缠着头布，裹着脚套。龙犬变成人后，评王封他为南京十宝殿盘瓠王，俗称狗王。

盘瓠王和三公主在南京十宝殿生下六男六女，日子过得比蜜糖还甜。盘瓠王为了不让儿女成为四体不勤、五谷不分的王子、公主，便要他们学打猎、学耕织，练得谋生本领。评王和王后闻讯，心情宽慰，差人送去大批金银、粮食，供女儿、女婿和外孙们享用；还颁给榜牒一卷，赐盘瓠儿女为瑶家十二姓：盘、沈、包、黄、李、邓、周、赵、胡、雷、冯、唐；又下令各地官吏：凡盘瓠子孙所居的山地，任其开垦种植，一切粮赋差役全免。这就是瑶家世代传抄珍藏的传家宝——《过山榜》。

一天，盘瓠王领着儿子们上山打猎，遇见一群山羊。六个儿子武艺高强，立刻拉弓搭箭，嗖嗖地连射出去，箭无虚发，几只山羊应声倒下，余下的拼命逃生。盘瓠王和儿子们起劲地追赶。一只雄山羊中箭负伤，疯狂地乱蹦乱窜。盘瓠王正攀越险要的鹰嘴崖，山羊冲到，用犄角将他撬翻下崖，摔在半崖的一棵德芎树上丧了命。山羊也跌崖死了。

日落西山，儿子们提着猎物转回程，不见父亲回来，便四处寻找。听到树上鸟叫，抬头观看，发觉那德芎树上挂着父亲的尸体。儿子们攀崖砍倒大树，把父亲抬回家里。

三公主哭成个泪人，儿子们都来劝说母亲道："今日打猎，只顾前面追赶，不注意后面防卫。父亲丧命，孩儿有罪，还望母亲多多保重。"三公主说："娘不怪孩儿，真有罪的是那只山羊，要把它的皮制成鼓，用黄泥浆糊上，狠狠地敲它，重重地捶它，才解我们的心头恨，让你父亲在九天之上都听得到。"儿子们立刻动手，将德芎树做了一个八抓长的大鼓，又用柏树做了六个十三抓长的长鼓，绷上山羊皮，再糊上黄泥浆。鼓造成了，三公主背起大鼓，儿子们拿起长鼓，边敲边舞；六个女儿拿着揩泪的手帕，悲伤地边哭边唱，共同追悼他们的父王——盘瓠王。

从此，黄泥鼓一代一代传下来。逢年过节，喜庆丰收，祭祀祈祷，驱魔赶邪，瑶族人民都要打黄泥鼓，唱盘王歌，深切怀念祖先。

阅读加油站

①本文选自《中国民间故事集成·广西卷》，中国 ISBN 中心，2006 年，第 93 页。

木姐珠和斗安珠[1]

很早以前，天爷的幺女木姐珠看到凡人斗安珠老实、勤劳、心眼好，从心里喜欢他，便下到凡间来。这时，斗安珠正去背水，她就跟在他后面走。斗安珠心里想，一个人生面不熟的大女娃子跟着我做啥子嘛？他红着脸只顾往前走，走拢水井上，埋头把水吸满背水桶。他忽然发现水桶的背带断了，便在那里修整。怪得很，不修还好，一修呀，这背布简直变成麻花一样，断成了节节。木姐珠走上前说："斗安珠，你别急嘛，我有办法。"她把裹脚布解下，拿给斗安珠系在背水桶上，斗安珠背起水桶，两人慢慢走，边走边摆条。木姐珠说："我带你到天宫去好吗？"斗安珠说："哈，我又不是雀雀，咋个上天呢？"木姐珠说："只要肯上天，我带你去。"木姐珠就把斗安珠带上了天宫。

木姐珠怕阿爸木比塔[2]晓得这件事，就把斗安珠藏进磨房里，木姐珠天天给他送饭。有一天，木姐珠的阿妈知道了这件事，就问："幺女，我每天给你三碗饭，你没有吃吗？咋瘦了呢？""我剩了些饭喂狗了。"木姐珠说。"嗨，不！我晓得了，你在哄人！”阿妈车转身就对木比塔说：“木姐珠把凡间的斗安珠弄上天宫来了。”木比塔把斗安珠叫上殿来，说：“你一个凡人还想娶我的姑娘呢！你有这么大的本事吗？那好嘛，明天，天不亮雾不散的时候，我去凌冰槽放柴，你在岩下面把放下来的柴和石头都接到，只要你接住了，我就把女儿许给你。”

第二天，天不亮雾未散的时候，斗安珠按木姐珠出的主意，去凌冰槽躲进岩洞里。木比塔放下来的柴，斗安珠接了九根；放下来的石头，又接住了九块。嗬，木比塔惊慌了，说：“斗安珠！我不信你真的有这么大的本事！这样，明天你在天不亮雾不散的时候，去砍九沟火地，你一天能砍完，我就把女儿许给你。”斗安珠吓倒了，木姐珠又给他出主意：“斗安珠，你在九沟火地四角各砍一窝树子，然后就去睡觉，

九沟火地就砍完了。”

第三天，木比塔去九沟火地查看，九沟火地已经砍完了。他说：“斗安珠，你既有本事，明天天不亮雾不散的时候，你去把九沟火地烧出来，点火时要从火地脚下点到火地顶上。”斗安珠点燃了九沟火地，就顺倒沟脚朝山顶跑。嗬哟，完了！木姐珠从磨房洞洞里看见了，啊妈呀，一匹山都烧燃了，可能把斗安珠烧死了。她解下围腰放进水沟里抖了几下，变成大雨就把山火淋熄了。这时，斗安珠被烧得蜷成一团，一身的毛烧焦了，只因为他双手抱着脑壳，他的头发还在，夹肢窝里还有毛毛，其他地方都烧烂了。木姐珠赶到九沟火地的时候，把斗安珠背了回去。她在三岔路上捡来三块白石头，找了些桃枝、柳条、老鸦蒜熬水，又把一个铧头烧红放进水里浸一下，然后就用水给斗安珠洗浑身的烧伤，洗了三遍伤就好了。

木比塔没有害到斗安珠，心头不服气，便又对斗安珠说：“斗安珠！明天天不亮雾不散的时候，你把三斗菜籽撒遍九沟火地里。”斗安珠没有办法，木姐珠说：“你在每条沟口上撒一点点菜籽，然后你就在地边山洞里睡觉好了。”

不到天亮的时候，斗安珠已经撒完九沟火地里的菜籽，他对木比塔说：“我已经撒完了菜籽，现在你女儿该许给我了吧？”“许给你？”木比塔说：“现在不是撒菜籽的季节，你赶快给我把菜籽捡回来，一颗也不能少。”“咋个捡呢？”斗安珠发愁了。木姐珠说：“你不怕得，你把三个皮口袋放在地头，然后你就躲起来。”

斗安珠按照木姐珠的主意做了，结果，三斗菜籽装满了口袋，一量还差一合。咋个办呢？木姐珠又说：“嗨，那里不是有一只雀雀吗，你把它打下来就够了。”斗安珠举箭射下那只雀雀，剥开嗉子掏出菜籽，添进口袋里一颗不差。木比塔输了，没法，把女儿许给了斗安珠。

木姐珠穿一身新衣服，戴了金箍箍、银箍箍、金耳环、银耳环。走的时候，木比塔陪奁五谷粮种，又给木姐珠牲畜前头几百，后头几千。他叫女儿路上不要朝后看。不幸的是，木姐珠朝后看了，惊散了后头几千种牲畜，野猪、老熊、麻雀、老鸦等就成了野物了。所以人间的牲畜，家的少野的多。

木比塔叫木姐珠把刺籽籽撒在高山，杉木籽籽撒在矮山，不要在木桶里洗尿片子，火炕上不要搭尿布，火炕后面不要唤狗，灰面馍馍不要给娃儿揩屁股。木姐珠和斗安珠到了人间，把刺籽籽撒在矮山，杉木籽籽撒在高山，水桶里洗了娃娃的尿片子，火炕上搭了尿布，火炕后面唤了狗，灰面馍馍给娃儿揩了屎。三年后，木姐珠就落了难，生了一身疮，很难看。

有一天，木姐珠回到天宫，她进门就喊：“阿爸呃，我回来

了。”木比塔问：“你是哪个嘛？”“我是你的幺女子嘛！”“你不是我的女子啊！”“不是你的女子吗？阿爸呃，你把天狗放出来嘛。”

木比塔把狗放出来了，天狗看着木姐珠摆尾巴。木比塔说：“哎呀，你是我的女子呢，你咋个不像人了呢？”随后，木比塔在三岔路上捡来三块白石头，将桃枝、柳条、老鸦蒜熬成水，把铧头烧红浸在水里，把木姐珠浑身秽气洗去了。木姐珠洗了出来，木比塔一看：“你这才像我的女子嘛，哪个叫你不听老人的话呢？你这才晓得吃了亏不？”

木姐珠在天宫耍了三天，又回到了凡间。后来，木姐珠有了九个儿子，七个儿子去了黄河，两个儿子在弓杠岭下落脚生活。

阅读加油站

①本文选自《中国民间故事集成·四川卷》，中国 ISBN 中心，1994 年，第 1111 页。

②阿爸木比塔：天神，木姐珠的父亲。

当万和蓉莲[1]

很早很早以前，天上没有太阳，也没有月亮，一年四季黑麻麻的。

那时候，天帝有两个发光的大元宝，一个是红色，发热光；一个是白色，发冷光。天帝心里高兴时，把红元宝一滚，凡间就有热亮光，成了白天；滚白元宝时，凡间就有冷白光，就是夜晚。可恨天帝天天吃喝玩乐，根本不管凡间的事，不轻易滚一回元宝。人间经常是黑麻麻的，人们无法干活，无法生活。

天上的虎威神将实在看不过去，就对天帝说："天帝啊，你发个善心把两个大元宝轮着滚出去吧，让它们发光发热，给凡间造福。"天帝听了虎威神将的话，火冒三丈，就用酸草根煨水把两个元宝一煮就不再发光了。接着天帝派天兵把虎威神将连同两个已经无用的元宝一道，押到凡间红水河边卧龙山顶上的镇龙岩下压起来，一直压了九万年。

凡间长时间过着黑麻麻的日子，十分痛苦。这时，有一对年轻夫妻，男的叫当万[2]，女的叫蓉莲[3]，出来对大家说：

“等我们问问天帝，天地间为哪样这么黑麻麻的。”说完，夫妻俩就向着天上大声武气喊：“天帝啊！你管的天上和凡间为哪样这么黑麻麻的呀？”当万和蓉莲喊呀喊呀，直喊得嗓子都哑了，也没得个回话。他们想，天上离得远，天帝听不到，不如到卧龙山顶上去问，那里离天上近些。

他们俩好不容易才爬上了卧龙山顶，同声对着老天喊道：“天帝啊，你管的天上和凡间为哪样这么黑麻麻的呀？”他们喊呀喊呀，直喊得嗓子都哑了，天帝还是没得回答。实在太累了，他俩就昏昏沉沉地倒在卧龙山顶上睡着了。

睡梦中，见一个天神按着宝剑，对他们说：“我是天上的虎威神将。你们不用问天帝了，问了也无用，他是个昏君，只顾自己享乐，不管凡间人的死活。”接着，他把天帝的两个元宝和自己被压在卧龙山顶上镇龙岩下的情况，原原本本地向当万和蓉莲说了。最后又说：“若你们真心想为凡间寻找光明的话，就把你们一人一只眼睛挖出来，男的挖左眼，女的挖右眼，然后再把你们一人一只手腕割破，也是男左女右，用你们的鲜血把你们的眼珠泡红以后，捞出来，连哈三口气，朝镇龙岩砸去。这样，镇龙岩就裂开，我就可以出来了。等你们救出我以后，再和你们讲寻找光明的办法。”

当万和蓉莲醒来，同时把梦里的情况说出来，都感到很奇怪，他们商量该怎么办。最后下了决心，只要能为凡间找到光明，莫说挖眼珠，就是粉身碎骨也心甘情愿！就这样，夫妻两个忍着剧痛，当万挖出自己的左眼珠，蓉莲挖出自己的右眼珠，接着又各自咬破自己的手腕，用鲜血把眼珠泡红后，就拿它向镇龙岩砸去。

嗨！真灵，血泡的眼珠一砸去，镇龙岩就轰隆一声炸开了，里面走出一个金盔金甲挂宝剑的天将。天将感谢他们夫妻救了他。当万和蓉莲看见这个天将就是梦里见到的那个虎威神将时，说不出的欢喜，就说："不必多谢啰。请你把为人间寻找光明的办法告诉我们吧。"

神将一听，立马从荷包里摸出两个元宝来，呆呆地看着，不忍心说。当万和蓉莲看到虎威神将为难的样子，心里很急，又齐声说："有哪样办法，你只管说。只要能为凡间找到光明，就是粉身碎骨也心甘情愿！你快说吧。"虎威神将见他们为凡间寻找光明的心切，就举起手里的两个元宝说："这个红的，本来会发热光；这个白的，本来会发冷光。可恨天帝心毒，用酸草根煨水把它们煮过，不能发光了。若要它们重新发光，除非有人敢把它们吞下肚去。吞下后，身子就马上烧化，和元宝一道飞上天去。这样，不仅凡间能得到光明，就是天上也能得到光明，天帝也管不着两个元宝了。"

当万听了，对蓉莲说："我们已经讲过，只要能为凡间找到光明，粉身碎骨也心甘情愿。说话算数，说了就做！"不等蓉莲回话，当万一把从虎威神将左手里拿过红元宝就往嘴里送。嗨！红元宝一下肚，当万的身子就烧起来，接着，一个红红的元宝闪着热光，"呼呼呼"地飞上天去了。蓉莲见了，急忙从虎威神将右手里拿过白元宝丢进嘴里，吞下肚去，接着身子也烧起来，化成一个白元宝，闪着冷光，“呼呼呼”地飞到天上去了。当万和蓉莲化身飞走以后，虎威神将也飞回天宫去了。

从此以后，天上有了当万和蓉莲，天上也亮了，凡间也有光明，人们就把发热光的大红元宝叫作当万，把发冷光的大白元宝叫作蓉莲。凡间有了光明，阿公见亮犁田，阿妈见亮栽秧，阿嫂见亮纺纱织布，姑娘见亮绣花，牛崽见亮吃草，麻雀见亮吃虫虫，大家都很高兴。自古以来，一代传一代：“当万和蓉莲用自己的性命为凡间和天上换来了光明。我们要永远永远记住他们啊!”因此，直到如今，布依族还流传着不准用手指太阳和月亮的习俗，也不准对着太阳和月亮屙屎屙尿，家家的茅厕都是坐北朝南开的。

阅读加油站

①本文选自《中国民间故事集成·贵州卷》，中国 ISBN 中心，2003 年，第 16 页。

②当万：布依语，太阳。

③蓉莲：布依语，月亮。

编后记

“中国民间故事丛书”是编者从诸多民间传说和民间故事中精心选编而成的一套供中小学生以及民间文化爱好者阅读的丛书。这套丛书所选的故事不仅具有趣味性而且还具有启迪性和智慧性，同时还保留了民间艺术讲述时所用的口语和方言，我们希望把这些原汁原味的民间文化的精华提供给读者，其目的是希望扩大我们优秀的民间文化的影响力，使之得到很好的保护与传承。为了帮助读者阅读，我们在每篇故事之后都设计了“阅读加油站”，对一些难以理解的口语、方言、术语加以注解。为此，编者对此套丛书的出版倾注了大量的心血，付出了艰辛的劳动，才促成这套公益性、普及性读物的顺利出版。

书中插入了大量的插图，由于多种原因，书中使用的少量图片，未能联系上图片的所有者，谨此表示歉意和谢忱！如有需要，请拨打027－67867317与我们联系。同时，本书在编写过程中由于时间仓促，疏漏之处在所难免，敬请读者、专家不吝指正！